그럴 수 있어

양희은
에세이

그럴 수 있어

웅진 지식하우스

선배란 칠흑 같은 어둠 속 앞선 저 어딘가에서 "괜찮아. 이쪽으로 와"라고 이야기해주는 존재라고 들었다. 그쪽을 향하며 넘어지고 나뒹굴며 길을 찾아야 하는 건 내 몫이지만 '노래란 무엇일까? 나는 잘 살고 있는 걸까?' 저편에서 들려오는 그녀의 목소리는 너무나도 올곧고 선명하고 순수하고 따뜻하다. "괜찮아. 잘하고 있어. 나쁜 놈들, 그러라 그래. 이리 와. 올 수 있어!"라고 말을 건넨다. 입발림이 아닌 진짜 위로를 얻고 싶을 때 읽으면 좋을 책!

성시경(가수)

멋진 어른과 대화를 나누고 싶을 때가 있다. 이 책을 아무렇게나 펼쳐 한두 페이지씩 읽어보면 꼭 그런 기분이 들어 엉킨 마음이 스르르 풀리는 것만 같다. 양희은 선생님은 내가 아는 가장 멋진 어른이시니까. "그러라 그래"에서 "그럴 수 있어"로 이어지는 선생님 특유의 '그러려니 미학'은 단순히 '무뎌짐'이 아닌 '적응'과 '이해'에서 시작된 거라고 이 책을 읽는 내내 생각했다. 무언가 잃어버린 것 같은 마음일 때, 하루하루가 힘에 부칠 때, 길잡이보단 길동무가 필요할 때, 지침서보단 엄마의 일기장 같은 소소한 무언가가 필요할 때 다들 이 책을 읽어보면 좋겠다.

잔나비 최정훈(가수)

추천사를 쓰라고 해서 보내준 원고를 아무 생각 없이 집어 들고 읽기 시작하다가 나도 모르게 좀 울었어요. 이유는 모르겠지만 그러고 나니 또 기분이 한결 괜찮아졌고요. 속상해서 찾아가면, 뜨끈한 집밥을 챙겨주던 언니의 밥상 같은 책이네요. 힘들고 지칠 때, 위로받고 싶고 자존감이 떨어졌을 때, 혹은 힐링이 필요하신 분들 모두모두 따뜻한 밥상을 받은 것처럼 이 책으로 위로받으셨으면 좋겠어요. 전 또 언니 밥 얻어먹으러 가야겠어요. 생각할수록 기운 나는 말이에요. "그럴 수 있어!"

박미선(코미디언)

"노래도, 사람도, 나무도 세월을 이겨낼 든든한 골격이 없으면 금세 시선을 돌리게 된다." 이 말은 그녀의 노래에서도, 인생에서도, 이번에 쓴 두 번째 책에서도 고스란히 적용된다. 이 책은 오랜 세월 비바람 풍상을 잘 이겨낸, 허나 아직도 해마다 연둣빛 새순을 피워내는 그녀의 삶을 진솔하게 담아내고 있다. 무명 시절 통기타 가수의 풋풋함과 약병을 달고 사는 노년까지도 넉넉하게 품고 솔직하게 풀어내는 그녀의 글을 읽다 보면, 청춘도 아름답게 다가오지만 나이 듦 또한 그다지 두렵지 않아진다. 그럴 수 있지, 싶다.

서명숙(작가, (사)제주올레 이사장)

차례

(1장)

우리는 몇 번이나 더 만날 수 있을까
—

4년 동안 대책 없이 가라앉아 있었다.
이제 비로소 기지개를 켠다.
다시 노래가 찾아왔다.

노래도, 글도 배꼽 밑에서부터 시작된다.
억지로는 안 통한다.
그렇게 만만찮은 게 이 동네다.

이 동네만 그럴까?

어디나 만만찮다.

나 대단한 만큼 누구나 대단하다.

짊어진 삶의 무게도 죽고플 만큼 무겁다.

어쩌면 우리는 그렇게 저렇게 어슷비슷하기에

당신 옆에 하냥마냥 앉아 있겠다.

프롤로그 끝.

2023년 6월
양희은

우리는 몇 번이나 더
만날 수 있을까

|

행복, 얼마나 목마르게
우리가 바라는 말일까

우리는 제각기 사는 곳, 일하는 곳, 아니면 그 사잇길에서 계절이 바뀌는 것을 바라본다. 8월 하순에 접어들면서 근 3주 동안 멈추었던 걷기를 다시 시작했다. 내게는 제일 만만한 집 앞 정발산공원. 해발 87m의 야트막한 산이지만 일산의 자랑인 정발산에 올랐다.

즐겨 걷는 길은 코스는 짧지만 오르막과 내리막, 평평한 길이 골고루 섞여 있어 너무 숨이 가쁘지도, 무리하는 것도 아니어서 딱 좋다. 그 길을 여덟 바퀴 돌고 집으로 오면 1시간 10여 분이 지난다. 요사이 몸이 좀 늘어진 탓에 보폭도 좁아지고, 속도도 줄고, 무릎과 고관절도 시원찮지만 걸을 수 있음이 고맙다.

매일 걷다 보면 개 데리고 산책하는 부부와 인사도 나누게 되고, 오며 가며 마주치는 익숙한 얼굴들의 무탈을 확인할 수 있어 좋다. 그리고, 와! 어쩜 계절은 이리도 어김없이 절

묘하게 약속을 지키는 것일까? 높아진 하늘, 선선히 불어오는 마른바람, 공원 주위를 두르고 서 있는 가로수들도 어느결에 여름 울타리 바깥에 있었다.

한 친구는 요즘 주말이면 아내와 함께 아파트 주변을 슬렁슬렁 산책하곤 하는데, 그러다 동네 구멍가게 앞 파라솔 의자에 앉아 아이스케키 하나를 먹으며 두런거리고 있자면 어찌나 평온하고 좋은지 오랜만에 느껴보는 기분이었단다. 일상에서 발견하는 잔잔한 행복, 그런 순간이 많이 쌓이면 여러 가지가 두루두루 여유롭겠다.

어제 낮, 일찍 집에 들어간 김에 미미를 데리고 한 5분가량 천천히 동네를 걸었다. 올해 열일곱 살이 된 미미는 이제 잘 걷지 못해 산책도 짧다. 하지만 집 앞 골목의 적막한 한가로움과 오후의 햇살, 정발산공원에서 불어오는 상쾌한 바람, 파아란 하늘에 떠 있는 구름이 날 행복하게 했다.

행복, 얼마나 목마르게 우리가 바라는 말일까?
그 저녁, 어느새 가을비가 내렸다.

얼마 전 성북동에 사는 후배의 초대를 받아, 그 집 앞마당에서 고기를 굽기로 했다. 서울에 이런 동네가 아직 남아 있나 싶게 내 어린 날 서울의 흔적이 고스란히 남아 있는 곳이었다. 서울에 마지막 남은 달동네란다. 마당에 내놓은 불판 위로 가을비가 촉촉하게 내려 그 풍경이 쓸쓸했다. 슬레이트 지붕 밑으로 불판을 옮겨 고기를 굽고, 두부 가득 넣어 된장국을 끓이고, 빗소리가 들리는 방 안에 들어앉아 쌈 채소에 고기를 올려 맛있게 먹었다. 서울이 한눈에 들어온다. 고기 굽는 명당이란 게 있다면, 바로 이곳을 최고로 꼽을 수 있겠다.

그날 삼십 대 중반의 젊은 친구들과 온갖 일상사로 우스갯소리를 하며 많이 웃었다. 태어난 지 고작 넉 달된 새끼 고양이가 혼자 노는 모습을 관찰하는 것도 재미있었다. 집주인이 '사랑 없이 사는 기술'이란 책을 내고 싶다며 시작한 수다로 한 시간이 또 흘러갔다.

사람들 사이에도 선선함이 있다면 좋겠다. 가끔 밤하늘의 별을 보면서 별과 별 사이가 아무리 가까워 보여도 수억 광년씩이나 떨어져 있는 먼 거리라는 생각을 해본다. 이 땅에서 올려다보는 별과 나의 거리는 또한 얼마나 멀고도 먼 거리인가. 별 사이처럼 사람 사이도 그럴 것이다. 그러니 사람도 사랑에 너무 목매지 말았으면…. 아마도 사랑의 상처 때문에 그런 생각을 했겠지.

비바람도 더 거세진다. 서울 꼭대기 홑겹 판잣집에서 그 저

녁 모처럼 많이 웃고 행복했다. 이게 행복이지, 행복이 뭐
별건가 싶다.

산다는 건 어쩌면 벌판을 홀로 헤매며
길을 찾아가는 것일까

강가에 앉아서 흐르는 강물을 가만히 보고 있노라면 우리네 인생도 그렇게 머무름 없이 계속 흘러가겠거니 싶다. 햇살 받아 반짝이는 잔물결이 어린 날의 꿈과 사랑 같아 보인다. 우리도 저렇게 빛났었다.

슬픈 건 이거야.
어린 날의 사랑이 서른까지 가지 못했고,
나에게 한 약속도 지키지 못했다는 것.

나이 들수록 산다는 일은 쓸쓸하기 짝이 없다. 계절이 바뀌면 그것도 쓸쓸. 혼자서 잠들었다가 한밤중에 일어나 앉아 있을 때, 문득 어린 날의 기억이 생생하게 떠오를 때, 그것도 쓸쓸. 나이 들어감이 (어쩌면 인생이) 쓸쓸. 여기도 쓸쓸, 저기도 쓸쓸. 그런데 강가에 가만히 앉아 있으면 이상하게 고요하다.

체증 같은 기억들은 털고 가야지.

인생에는, 꽃피는 봄에서 강이 얼어붙는 한겨울까지 모두의 어깨에 내려앉는 초저녁 빛처럼 투명한 쓸쓸함이 있다. 왜 이리 쓸쓸한 것일까. 지나간 시절들, 너무 빨리 휘이익 사라져버렸으니 어느새 이렇게 뒤돌아보고 있네.

아무 일도 일어나지 않는 평범한 일상이 기적 같다는 요즈음, 마주치는 눈빛에는 쓸쓸한 연민이 오간다. 울컥해진 마음에 눈물이 어리며 반짝한다.

지금 네가 서 있는 자리는 편할까?

바람 부는 길모퉁이에서 바람보다 더 시린 가슴을 안고 집으로 돌아오는 길목, 어설픈 피아노 연주 소리가 그나마 푸근하다. 내 눈과 마음이 흐려질 때 나를 일으켜 세워줄 친구가 있다 해도, 산다는 건 어쩌면 벌판을 홀로 헤매며 길을 찾아가는 것일까?

친구가 단톡방에 1993년 5월, 산 정상에서 남편과 찍은 사진을 올렸다. 다들 울컥했다. 그날을 놓치면 철쭉은 끝이라기에 남편을 따라 산에 갔다면서 이때로 되돌아가고 싶단다. 친구가 마흔둘, 남편이 마흔아홉. 한창 예쁘게 빛날 나이. 지금 생각하면 고작 마흔 초입이었으니 대입에 도전해도 했을 나이인데 도전은커녕 아내와 엄마로만 산 것 같다며 지난날을 돌아봤다. 일상에 발이 묶이고 거둘 식구들이 있는데 어느 누가 자기의 꿈을 밀고 나갈 수 있을까? 그래도 건강만 했더라면 이런 날도 저런 날도 함께 추억했을 텐데… 아쉬워한다. 또 다른 친구는 열이 계속 나는 남편 곁을 며칠째 지키고 있다. 원인을 찾지 못해 언제 퇴원할지도 모르겠단다. (병원비도 걱정되겠지.) '결국 건강이 최고다', '건강하면 아무 문제없다'는 결론을 내리며 대화를 끝맺었다.

대화 끝에 마음이 가라앉고, 내 앞일 마무리할 걱정으로 상담을 받으러 평창으로 향했다. 문화예술기획자인 이선철 교수가 폐교를 리뉴얼해 만든 문화공간 '감자꽃스튜디오'에서 젊은이를 위한 문화 기획과 로컬 창업을 주제로 족집게 과외를 한다는 글을 SNS에 올렸기에 껴도 되냐고 물은 후 떠났다. 이삼십 대의 젊음들은 내 애기에 울기도 했고 내가 돌아간 이후에도 내 이야기를 계속했단다. 젊은이들의 도움말은 독특했다.

그냥 하고 싶은 거 계속하란다.
그게 자기들에게도 힘이 된다며.

노래도 방송도 삶도 마무리를 잘해야겠는데, 아직도 궁리 궁리 중이다. 한 4년여 가라앉아 있었더니만 가슴에서부터 뭔가가 떠오르질 않는 게 답답하다. 그래도 얘기를 털어놓으니 기분이 좀 괜찮았다. 앞으로 시간을 두고 좀 더 생각해야지. 지금껏 무탈했지만, 마무리가 중요하니까 살얼음을 딛듯 조심조심 또 조심해야지.

모여서 밥이든 걱정이든
무엇이든 나누자

오락가락 심심찮게 비가 와서인지 우리 집 뒤 공터에는 풀이 무성하다. 하도 부쩍부쩍 자라는 덕에 뱀이 나올까 봐 겁도 난다. 아침저녁으로 선선한데 낮에는 쨍한 햇살이 무섭게 내리쬐어 예전에 내가 알던 그 낮과 밤이 아니라 이상하다.

코로나19 상황에서는 나날이 길고 지루하고 더디더니만 시간이 뭉텅뭉텅 날아가 어느새 3년이 사라졌다. '데뷔 50주년 기념 공연'을 거른 건 잘한 일 중 하나인데, 그래도 아무 일도 안 한 채 손 놓고 있는 내가 나를 가라앉게 했다. 때마침 22년 동안 《월간 여성시대》에 써온 원고와 새로 쓴 원고를 엮어 책을 내자는 제안을 받고 계절이 바뀌는 동안 내가 쓴 원고를 대여섯 번쯤 읽었나 싶다. 조금이라도 어색한 게 눈에 들어오면 고치고, 지우고, 또 고치고…. 매번 볼 때마다 고칠 게 생기는 게 희한했다.

그렇게 『그러라 그래(2021)』가 나왔는데 한동안은 읽을 수

가 없었다. 뭐랄까? 질린 건지, 지독한 활자 멀미인지. 그래
도 SNS에 올라온 리뷰는 열심히 찾아봤다.

> 읽는 내내 음성 지원이 돼요.

> 어쩜 말하듯이 그렇게 편하게 글을 쓸까?

> 엄마께도 사드려야지.

> 제목은 『그러라 그래』라며 툭 던졌는데 내용은 그냥 쓱 읽어 넘길
> 수 없었다.

> 책 한 권을 읽었을 뿐인데 집밥을 먹은 기분. 집밥의 든든함과 따
> 뜻함이 책을 통해 느껴졌다. 신기한 경험이다.

책 덕분에 TV와 라디오 프로그램에 초대 손님으로 여기저
기 출입이 잦았다. 책 이야기를 할 자리가 많아지면서 위로
와 힐링이 된 책으로 내 책을 꼽는 이들도 여럿 만날 수 있었
다. 일이 잘 안 풀릴 때 스스로를 깎아내리는 대신, "음~ 나
아니래? 그럼, 그러라 그래!"라고 혼잣말을 한다는 코미디
언 이은지의 이야기는 얼마나 반갑고 고맙던지. 그런 이야
기들이 울림이 있었는지 젊은이들에게 영향을 주어 베스트

셀러 순위에까지 올랐을 때는 '놀라워라, 세상에! 살면서 이런 일이 다 있다니!' 했다. 하지만 나라고 타인의 평가에 초연할까. 최근에 나도 '그러라 그래' 속엣말을 한 적이 있다.

한동안 닫혀 있던 동네 수영장이 열렸다. 오랜만에 수업이 열린 터라 아쿠아반 출석률은 준수했다. 하루는 복닥거리는 라커룸에서 숨을 몰아쉬는 내게 "아유~ 뭐가 힘들어서 한숨을 쉬어요? 베짱이 아냐? 베짱이처럼 노래만 하는데 뭐가 힘들어. 나처럼 노동을 해야 힘들지~" 계속 말을 거는 이가 있었다. 더 듣다가 "자기가 모르는 남의 일에 대해 함부로 말하기 없기!" 크게 따박따박 끊어 대꾸를 하니 헤헤거리며 사라졌다. 그런데 이내 다른 사람에게 "아니~ 무슨 운동을 했다고 힘들다는 거야?" 하는 말소리가 들렸다. 그 순간 나는 알았다. 이 사람 말투가 이런 식이구나.

공감 능력이 빵점인 여자 때문에 남들 눈에는 내가 베짱이 같이 놀고 노래하며 힘 안 들이고 사는 것처럼 보이겠다는 생각이 들었다. 그 자리에서 아니라고, 당신이 나에 대해 뭘 아느냐고 화내봐야 무엇하리.

'다 자기 생긴 대로지, 뭐. 더도 덜도 아니지. 그러라 그래.'

대중 앞에 서는 직업이라 긴 시간 끊임없이 평가를 받으며 살다 보니 모든 사람에게 호감을 사려고 애쓰는 게 얼마나 무의미한 일인지 깨닫게 되었다. 타인의 평가에 숱하게 넘어지고, 흔들리고, 엉망이 되고, 또다시 일어나서 자기를 돌아보고, 남도 돌아보고, 어떤 사람이 흔들리는 것도 보고, 누군가 바로 서는 것도 보고 나서야 비로소 거리 두기가 가능해졌다. 세월이 가르쳐준 거다. 내가 잡았던 손을 놓은 게 아니라 스르르 놓아졌다.

＊

책을 내고 마감이 하나 더 늘었다. 《한겨레》에 한 달에 한 번 원고를 싣기로 했다. 200자 원고지 11매 정도를 쓰기 위해서 '쓸거리 없나?' 하고 생각을 모으려 해도 마감일이 코앞에 다가와야지만 글이 써지니 참 알다가도 모를 일이다. 집에만 있으면 영 신통방통한 얘깃거리가 떠오르질 않아 그때그때 내 기분에 맞는 곳을 기웃거리기도 하고, 안부가 궁금한 이들을 만나 얘기 나누는 일도 잦아졌다. 글쓰기 덕분에 대충 전화나 톡으로 안부를 전하던 사이도 얼굴 마주 보고 밥 먹자고 약속을 한다.

"언닌 참 오래도 그 자리를 지키고 있네. 아, 배철수 아저씨도…. 두 사람은 여전하네!"
"나이 칠십 넘기고 아직도 이 물에서 일하며 살아남아 있다는 게…. 인물이 받쳐주기를 하냐, 체격이 훤칠하기를 하냐. 춤이 되는 것도 아니고, 입은 또 비뚤어졌지. 이렇게 남아 있는 게 기적이다. 우리 어린 날 비빌 언덕이 있기나 했냐?"

일을 막 시작해 어리고 황망했던 시절, (지금 생각하면 부당한 경우지만) 어른들 틈에서 아무 말도 못 하고 시키면 시키는 대로 했던 일이며, 이 바닥에서 동료들을 등치는 악덕 인물들의 얘기며 지금까지 겪은 일을 서로에게 딥다 고자질해 댔다.

어쩌다 한 번일지언정 각별한 반가움으로 격의 없이 떠들며 남이 들으면 별것 아닌 얘기로 우리끼리 깔깔대고 울컥하며 짧은 시간을 함께 누린다. 깊이 공감을 한다.

집에 와서 SNS를 보니 후배가 "울다, 웃다, 배 터지고, 눈 호강하고, 스트레스 다 풀고 오는 힐링 코스. 못 펴줘 난리, 못 사줘 난리. 행복하게 집으로 가는 길. #먹느라사진없음" 이라고 올렸더라. 또 다른 동료는 "우리는 만나면 너무 신나고 행복해서 서로 주려고 주려고 야단법석임. #맛난거먹느라사진없음"이라는 글과 함께 거의 같은 사진을 올려서 피식 웃음이 났다.

이런 동료들이 있으니 든든하다. 서로 무슨 말이든 털어놓는 사이. 그 사람들과 모여서 밥이든 걱정이든 무엇이든 나눈다. 서로의 안전과 건강을 살핀다. 그렇게 함께하면 스트레스가 없어진다. 많이 웃는다. 어쩌면 이런 것이 장수의 비결이겠다.

넉넉하게 많이 웃으면 못 이겨낼 것도 없다.

잘 가, 내 친구

십여 년 전, 미국에 사는 친구에게서 짧은 메모 같은 편지가 왔다. 너무 힘들어서 이렇게 짤막하니 쓸 수밖에 없다면서. 그리고 여러 번 통화를 했다, 아무렇지 않게.

내가 그 아이를 본 건 1970년 늦가을이었다. 통기타 가수들의 메카라 할 수 있는 YWCA '청개구리' 다방에서였다. 이후 수많은 통기타 업소가 생겼지만, 청개구리만은 신성한 곳이었다. 입장료 100원을 내면 1원을 거슬러 받고 신발주머니에 신발을 벗어 넣은 뒤 카펫이 깔려 있는 방에 자리 잡고 앉으면 새로운 세계가 펼쳐졌다.

장기판, 바둑판이 구석에 놓여 있어서 두고 싶은 사람은 두고, 누군가 노래를 시작하면 듣기도 하고, 그것조차 관심 없으면 한구석 차지하고 책을 읽거나 같이 온 친구들과 히히덕거리면 되었다.

바로 그곳에서 서울대학교 사범대 출신의 그 아이를 만났다. 워낙 여자들의 수가 적어 우리는 금세 친해졌다. 무슨 인연인지 친구의 여러 가지 일에 내가 개입되었다. 오갈 데 없이 어려웠던 때 방 한 칸을 내주어 내 집에서 같이 살기도 하고, 친구가 다시 집을 옮겨야 할 때 방을 얻게끔 도와주기도 하는 등 중요한 결정을 내려야 할 때마다 그 옆에 내가 있었다. 심지어 내가 한국을 떠나 미국에서 살 때, 바로 그 옆 동네에 그 아이가 살고 있다는 소식을 들었을 때는 참 인연도 질기다 싶었다.

그러다가 내가 한국으로 돌아와 연락도 뜸해졌던 어느 날이었다. 폭우가 지나간 뒤라 전국의 하늘이 더없이 맑아 통일전망대에서 개성 송악산이 다 보였다는 그날 아침, 나는 그 아이와 통화하면서 엄청 울었다. 자기도 몰랐단다. 닷새 전에 폐렴 기운으로 열이 나서 입원했는데 폐암 말기라 앞으로 열흘 내지 2주일 정도 남았다는 말을 들었단다.

"많이 아퍼?"
"아니, 지금은 괜찮아. 모르핀이 들어가니까. 고맙다, 고마웠어."
"잘 가, 내가 너 많이 미워했다. 그만큼 너를 좋아했으니까. 우리가 같이 보낸 이삼십 대가 너와 함께 떠나는구나. 평안히 가라."

통화는 짧았다. 기운이 너무 없어서.

집으로 필요한 병원 시설을 옮겨 왔고, 나라에서 보내주는 간병인이 낮 동안 함께 있어준다고 했다. 내가 가슴을 치며 통곡하자 남편도 울면서 나를 안아주었다. 어린 날의 친구, 모든 겪음을 함께했던 친구, 그 증인이 곧 가겠다. 더 이상 세상엔 없겠다.

이별은 아무리 해도 익숙해지지 않아 친구가 떠난 지도 10년이 지났는데도 흉터만 남은 상처에 묵직하게 둔통이 느껴지는 날이 있다. 내 인생에 소중한 사람들을 나는 살면서 몇 번이나 더 볼 수 있을까.

우리는 몇 번이나 더 만날 수 있을까.

누군가의 이별 준비 노트

코로나19 확진으로 맥이 떨어져 한동안 아무것도 못 했다. 오랫동안 뭔가 빠뜨린 듯 이상했고, 아무도 없는 길목에서 갈 곳 모르고 멈춰 서 있는 기분이었다.

기운을 차리려고 수영을 다시 시작했다. 아쿠아반에서 제일 연장자이신 분이 "명절에 손주들만 챙겨줄 게 아니라 나도 나를 챙겨주고 싶어서 집수리도 하고 운동할 때 필요한 여러 가지를 개비했더니 기분이 좋다"라는 이야기를 해서 듣는 이들이 다 잘했다며 편들어주었다. "자기 자신만을 위한 이벤트도 필요하지"라며 너나없이 맞장구를 쳤다.

어떤 분은 "왜 부모님은 잘사는 형제들 집 놔두고 큰딸인 자신의 집에만 오는지 모르겠다"며 지나가듯 말한다. 남편이 무던해서인지, 장녀라는 벼슬 때문인지 여행 한 번 안 가고 꼬박꼬박 명절을 지냈더니 이제는 몸에 익었단다. 나물 대여섯 가지에 갈비찜 하고, 고기 좀 구우면 자기네는 끝이라는데 그게 어디 쉽나. 미리 장 봐야지, 다듬어야지, 고기는 핏물 빼고 양념에 재워놔야지…. 당일에 먹고 치우는 건 또 얼마나 손이 많이 가나. 뉘 집 큰딸의 명절 이야기에서 나를 본다.

어느 결에 저녁녘이면 풀벌레 소리가 잔잔하다. 조심스럽게 우는 그 소리 따라 마음의 소란도 가라앉는 밤이다. 이달에 내가 진행을 맡아 하고 있는 MBC 라디오 프로그램 〈여성시대〉에서 '인생 마무리를 위한 이별 준비 노트'를 써보기로 하고 사연을 받았다. 이 세상 소풍 끝내는 날에 남은 이들이 이렇게 저렇게 해주었으면 좋겠다는 바람, 장례식장에 어떤 음악이 채워지길 바란다는 이야기 등을 툭 터놓고 한 날이었다. 가슴 찡한 사연들이 가슴에 적금처럼 쌓였다.

이십 대 때에는 죽음이 먼 이야기인 것만 같았는데 첫아이를 출산하던 날 스치듯 죽음을 만났다는 여성분의 사연이다. ①내가 떠난 뒤 살림살이며 옷가지며 치워야 할 게 한두 가지가 아닐 텐데 남아 있는 이들에게 과한 일을 주고 싶지 않으니 물건을 많이 쟁여두지 않겠다. ②우리 부부 둘 다 화장을 해서 가족 나무 동산에 뿌려주길. ③양가 다 종가지만 제사는 안 지내도 되고 지내길 원한다면 날짜를 맞추기보다 편하게, 상에 이것저것 올리지 말고 남편이 좋아하는 간짜장·치킨·맥주, 내가 좋아하는 빵·떡·

음료 놓아주고 요리하는 그 시간에 차라리 도란도란 얘기 나눌 것.

평생 일만 하고 살았다는 서른여덟 살의 어떤 엄마는 이별 전 혼자 여행을 해보고 싶고, 사랑하는 가족과 마지막으로 행복한 시간을 갖고, 사랑스럽고 기쁜 순간을 사진으로 남겨 그걸 품에 안고 떠나고 싶단다. 아픈데도 병원에 가는 것조차 미루며 산 인생이 후회로 남는단다. 쌍둥이 독박 육아를 하면서도 눈치 본 게 왜 그랬나 싶고, 조금만 더 용기를 내서 밖으로 나가 자신의 목소리를 내었다면 마음의 병도 줄어들었을 거라는 이야기를 전했다.

어떤 분은 이에 대해 오래전부터 생각해둔 바가 있었던지 아주 딱 부러지게 자신의 바람을 밝혀 큰 인상을 남기기도 했다. "네 아빠는 가족묘로 간다는데 나는 그곳이 싫다. 네 외할머니 계신 선산에 뿌려다오. 울 엄마 살아생전 따뜻이 모셔보지 못해 그렇게라도 보듬어보고 싶다. 제사도 지내지 마라. 모바일 부고장에 절대 계좌번호 남기지 마라. 내가 뿌린 것 거둔다지만, 그건 그네들의 판단인 것! 먼저 손 내밀지 마라."

내 이별 준비 노트에는 이렇게 적어두었다.

혹시라도 애도하고 싶으면 마음이 잘 담긴 내 노래 〈나 떠난 후에라도(2001)〉를 틀어주셔요. 화장해서 어릴 때 내가 놀던 가회동 1번지 느티나무 아래 묻어주셔요. 아무런 흔적도 남기고 싶지 않아요. 바람에 흔들리는 어린 느티나무 잎새처럼 외로운 사람들에게 위로와 응원을 보내고 싶어요. 여러분의 사랑 덕에 제 주머니에 남은 재물은 저처럼 열아홉 살에 무섭고 두려운 세상에 혼자 첫발을 내딛는 자립준비청년들을 위해 쓰이길 바랍니다. 인생에서 제가 겪은 따스한 햇살도 모진 비바람도 다 고마웠어요. 여러분 안녕!

당신의 이별 노트에는 무엇을 적겠는가?

떠나고 나면 다 소용없는 일

"졸지 말고 깨어라

쉬지 말고 흘러라

새 아침이 올 때까지

어두운 이 밤을 지켜라"

1979년에 발표한 《거치른 들판에 푸르른 솔잎처럼》 앨범
에 수록된 〈천릿길〉의 후렴구다. 왠지 모르지만 요즘 자주
속으로 되뇌는 노래다. 어느새 까마득한 시절이 되어버린
40여 년 전, 스물일곱의 내가 어린아이의 가벼운 발걸음처
럼 적당히 빠르게도, 지치고 졸려 쉬고플 때처럼 느리게도
불렀던 노래다.

일산에 터를 잡은 지 오래인데, 고양문화재단의 제안으로
느지막이 '15년 만의 집들이'라는 이름의 콘서트를 열게 되
었다. 콘서트 연습으로 몇 달을 신경 쓰며 보냈더니 끝나면
가고픈 곳, 하고픈 일이 몇 가지가 있었다. 그런데 양일간의

콘서트를 잘 마치고 이제 좀 쉬면서 계획했던 것들을 하나씩 해볼까 했더니 대뜸 남편이 아팠다. 이런저런 검사를 했더니 양쪽 폐가 3분의 1 이상이나 하얗게 찍혀 나왔다.

이게 뭔가?
혹 폐암인가?

시시하게 기침 같지도 않은 잔기침을 계속할 때마다 대수롭지 않게 "병원 가봐" 소리만 했는데 가슴이 덜컥 내려앉았다.

다행히 폐렴 약을 3주 치 처방받는 것으로 끝나 한시름 놓았는데, 어느 날은 퇴근도 늦고 전화를 몇 번이나 했는데도 받지 않아 불길한 느낌이 들었다. 평소보다 늦게 들어온 그의 모습이 이상하게 축 처져 있어 물어보니 목욕탕에서 맥이 풀려 그냥 풀썩 주저앉아 있었단다. 목소리도, 발걸음도 속 기운 없이 영 허해 보여 걱정이 태산으로 변했다. 한 끼라도 거르면 큰일 나는 사람이라 더더욱 걱정이다.

등 쪽에서 불이 나는 것 같아 어디에 기댈 수가 없어 불편하다고 부항을 떠달라기에 붙여주었는데, 10분도 못 견디고 눕겠다고 떼어달란다. (미국에 살 때 부항, 수지침 등의 강의를 제대로 듣고 배워 남편이 어깨가 결리거나 피곤할 때, 알레르기가 심할 때, 감기 기운이 있을 때, 허리가 아플 때, 저녁상을 물리고 뉴스를 보는 시간에 해주곤 했다.) 그러고는 스르르 무너지듯 눕는다. 놀랄 일이 한두 가지가 아니었다. 밤새 뒤척이며 닥쳐올 불길한 일을 앞당겨 있는 걱정 없는 걱정으로 잠을 설쳤다.

오늘도 남편은 병원에 갔다. 생전 안 하던 별별 검사를 해야 해서 며칠 전부터 준비도 부산스럽다. 나는 이제 손을 놓았다. 내가 걱정을 한들 상황이 달라지진 않을 것이다. 없는 보험이 하늘에서 뚝 떨어지는 것도 아니고, 병이 낫는 것도 아니다. 하지만 만약 그이가 나보다 앞서 떠난다면 아마 나는 미쳐버릴 것 같다. 같이 사는 동안 끔찍하게 미워한 세월이 얼마며, 손가락질하고 혼잣말로 흉을 본 것 또한 얼마인가! 사람이 서로 용서하고 안아주고 다독이는 일도 다 살아서의 얘기다. 강 건너 저쪽과 이쪽은 어찌할 도리가 없잖은가!

또 이런 생각도 들었다.
내가 진정 남편을 걱정하는가?
아니면, 남편 떠나고 남을 나를 걱정하는가?
어느 쪽이든 내가 대신 아파줄 수도, 죽어줄 수도 없다.
그러니 무력해진다.

결국 아무리 가까운 듯 보이는 두 개의 작은 별도 서로 몇억 광년이나 떨어져 있듯, 사람끼리의 한계가 그만큼이지 싶다. 그래도 이런 일이 내 가슴을 흔들어 남편 앞에서의 나를 되돌아보고, 허락된 시간만큼이라도 맺힌 것 없이 잘 지내야지 하고 마음을 다지는 계기가 되었다.

〈여성시대〉 앞으로 암 수술과 항암 치료를 하고 있다는 사연이 심심찮게 온다. 그런 사연을 접한 날에는 가슴이 저려 짙은 회색빛으로 가라앉아 먹먹하게 하루를 지낼 수밖에 없다. 재발을 겪은 이들의 이야기는 더욱더 아리다. 나랑 비슷한 사연을 대할 때는 더욱 고통이 심해졌다. 묵지근한 통증들이 다시 느껴지면서 수술 직전과 직후, 한 걸음 한 걸음 겨우 떼며 허리를 펴고 기운을 추슬렀던 기억이 되살아난다.

사람의 한계…. 그 누구도 대신 아파해줄 수도, 대신 죽어줄 수도 없는 온전히 자기만의 몫…. 곁에서 지켜보는 가족들의 안타까움…. 그 과정 속에서 인생을 보는 눈이 달라지고 생각이 바뀌고 행복을 다시금 정의하고, 돈과 명예로도 살 수 없는 겸허함을 알게 되었다고 말하는 이들도 많다. 버리고 정리하며 무엇이 제일 소중한지 순서를 매기게 되었단다. 하지만 배움의 값이 얼마나 큰가. 잘 견뎠다고, 잘 지나왔다고 말해주고 싶다.

남편의 건강은 감사를 모르고 사는 나의 일상을 뒤집어놓았다. 걱정 태풍이 조용히 지나가길 빌고 있다. 적당히 졸며

안일하게 쉬며 어둡던 내 마음을 지켜보며 〈천릿길〉 노랫말
을 읊조려본다.

꽃잎은 하염없이 바람에 지고
만날 날은 아득타

자매 셋이 모이면 늘 하는 이야기가 "우리 다 합쳐도 엄마 못 당한다!", "우리가 엄마 나이가 되어도 저렇게 할 수 있을까? 절대 못 한다"였는데, 엄마도 세월을 못 이기시나 싶다.

예전에 엄마의 동창분이 "얘, 너 손자들 봐주는 것도 예순다섯까지야. 그 후엔 힘에 부쳐서 못 해" 하던 말이 기억난다. 누구나 살다 보면 어떤 고비를 만난다. 내 경우에는 갱년기를 넘기던 마흔여덟부터 힘이 부쩍 들었다. 일이 버겁다 싶더니 마흔아홉 때는 언덕 비탈이 꽤 가파르게 느껴졌다. 그 말을 들은 친구 어머니가 "마흔아홉 깔딱고개 헉헉대며 오르다가 쉰이 되니까 쉬지근해지더라" 했는데, 지나고 보니 맞더라. 쉰 살을 넘기니 마흔여덟·아홉 때보다 더 젊어진 것 같았다. 그러다 환갑이 되니 이렇게 '육십 고비를 넘기는 건가?' 혼잣말이 많아졌고, 일흔이 되니 세상과 싸우고픈 마음이 사라졌다.

장녀인 나는 줄곧 친정엄마를 모시고 살았다. 결혼하고 미국에 있었을 때도 함께 지냈고, 희경이네 둘째 내외가 살림을 내어 나가면서 그 집 1층에서 지낸 시간 빼고는 엄마와 한 지붕 아래에서 살았다. 하지만 모시고는 살았어도 24시간 곁에서 들여다본 적은 없으니 (바쁘고 일 많으니 그게 죄다.) 늘 기운이 넘치고, 돌아다니는 걸 좋아하신다고만 여겼는데… 이미 그런 시절은 지난 뒤더라.

희경이네로 이사한 엄마의 얼굴이 밝았다. 무릎이 안 좋으셔서 2층에 방이 있는 우리 집이 엄마에게 부담이 컸던 모양이다. 희경과 나는 국이 식지 않을 정도가 아니라 국이 뜨거워서 식기를 기다려야 할 정도의 거리에 산다. 그래서 느린 걸음으로도 2분이면 엄마를 뵈러 갈 수 있었지만 엄마의 빈자리는 꽤 컸다. "그래, 너희도 모셔봐. 난 괜찮아!" 했지만, 일 끝내고 텅 빈 집에 들어오면 적막하고 왠지 춥게 느껴졌다. 있는 대로 가라앉아서는 가만히 누워 애꿎은 TV만 돌려보며 남편의 퇴근만 기다렸다.

"아, 엄마가 떠나시면 나의 하루가 이렇겠구나."

늪에 빠져 가라앉는 기분, 어쩔 수가 없었다. 친구들을 만나 그 얘기를 하니, 이별을 미리 연습할 수 있는 소중한 기회라고 한다. 미국에 사는 친구는 한국에 다녀갈 때마다 "내가 죽는 날까지 앞으로 몇 번이나 한국에 올 수 있겠니? 그간 10년에 한 번 정도 온 셈이니까 계산해보면 이제 와봐야 한두 번이야"한다. 그 말에 '엄마의 생신을 몇 번 더 치를 수 있을까?' 생각에 잠긴다.

엄마 나이 84세에 치매 초기 판정을 받았다. 치매 진행을 막는 데 일기 쓰기가 도움이 된다기에 권하면서 딸 셋에게 남기고픈 이야기가 없냐고 물으니 "그거야 죽을 때나 해야지~" 하신다. 그 말에 섭섭함이 폭발해서 나도 그만 한마디를 거들었다.

"자식들에게 이해와 소통의 시간도 안 주고 본인 하고픈 말만 하고 떠나겠다는 거야? 죽음은 갑작스러울 수도 있고 언제 어떻게 갈지도 모르는데 어쩜 그렇게 이기적이셔? 죽기 직전에 무슨 여지가 있어? 시간적 여유가 엄마 마음 같을라고? 우리 딸 셋에게도 시간을 주고 함께 소통해야지. 참나."

최근에 여성학자 오한숙희가 어머니의 장례를 치르고 나서 이런 이야기를 해주었다. "언니도 떠나시기 전에 가슴속 이야기 다 풀어내셔요. 난 사흘간 엄마 옆을 지키면서 아이들 키워주셔서 고마웠고, 속 썩여서 죄송했다, 잘못한 것 다 용서를 빌었더니 그렇게 좋더라고요. 생전에 꼭 가졌어야 할 시간이었어요. 아무 말 못 하고 보냈어 봐요. 이럴걸, 저럴

걸… 후회와 회한은 살아남은 자들의 몫이라 사는 내내 괴로웠을 거예요." 오한숙희 모친과 울 엄마는 동갑내기셨다. 이제는 우리 모녀도 부지런히 마음을 나눌 때다.

일기 쓰기는 그렇게 엎어지고, 엄마의 이야기를 들을 기회가 없으려나 했는데 감사하게도 방송 촬영을 하면서 듣게 되었다. 엄마는 이십 대의 내가 그 많은 빚을 다 갚았을 적에도 아무런 말씀이 없으셨고, 나이 서른에 암 수술 후 석 달 시한부 판정을 받았을 때도 병원에 차마 못 오셨다.

"태어나줘서 고맙고, 열 아들 부럽지 않았다. 여자 혼자 먹고사느라 너희 어렸을 때 많은 시간을 함께 보내지 못한 게 그렇게 미안하다."

장례식은 어찌할까 물었더니 아버지와 합장은 싫고 화장해서 강에 뿌려달란다. 그건 안 되는 일이라 "법으로 금지되어 있어. 안 돼! 유골함에 담아 집에 둘게" 가볍게 응수했다. 장례식장에는 내가 부른 찬송가와 〈동심초〉, 〈가고파〉, 〈그네〉 등 엄마가 좋아하는 가곡을 틀어 달라신다.

"꽃잎은 하염없이 바람에 지고 만날 날은 아득타. 기약이 없네~"

모처럼 엄마와 〈동심초〉를 함께 불렀는데 절대 음감이셨던 엄마는 더는 음도 정확하지 않고 떨림이 너무 심했다. 내가 아래턱을 으덜덜덜 떨며 흉내를 내니 웃으신다.

방송이 나가고 엄마랑 둘이 마지막 치를 의식에 관해 이야기 나눈 게 찡하더라는 감상평이 많았다. 양껏 이야기 못 하고 떠나보내면 서리서리 가슴에 맺힌다는데, 우리 딸 셋과 엄마의 이야기는 이제 시작이다.

세상에서 가장 생명력 있는 연대는 엄마와 딸 사이, 그리고 딸과 딸 사이가 아닐까. 이 글을 읽는 모두가 후회 없이 더 많이 소통하며 살았으면 좋겠다.

모녀 삼대, 여행을 떠나다

구경하는 것 좋아하고 호기심 많은 엄마와 우리 딸 셋, 조카 딸애까지 다섯이서 여행을 하겠노라 마음을 먹었지만 엄마의 기운이 떨어져 누워 있는 날이 많아 한동안 움직이지를 못했다. 여행 가기로 했는데… 했는데… 말만 늘어지게 했더니 그만 노래가 될 판이었다.

때마침 당시 대학 1학년이었던 조카의 기말고사도 끝났겠다, 〈여성시대〉에서 휴가도 받았겠다 모녀 삼대가 오붓하게 휴가를 가기로 했다. 목적지는 통영.

녹화가 있는 희경은 놔두고 우선 네 여자가 선발대로 떠나 재래시장과 맛집을 돌아다녔다. 죽을 지경이어도 "시장에 가자!"할 정도로 시장을 좋아하는 엄마는 아주 천천히 걸으며 본인의 관심사에 딱 맞는 수공예품을 발견할 때마다 이것저것 들여다보신다. 그 엄마의 그 딸이라고 우리 세 자매도 장돌뱅이처럼 재래시장 구경을 좋아한다. 참 닮은 것도 많다.

희경까지 내려오면서 완전체가 된 우리는 외도, 욕지도 등 근처의 유명한 섬도 둘러보기로 했다. 아무 계획이 없었기 때문에 그날그날 일정을 정하는 식이었는데, 늘 틀에 박힌 일정 따라 움직이는 나로서는 무계획인 것이 좋았다.

통영시가 한눈에 내려다보이는 케이블카도 타고, 맛난 통 영 전통 꿀빵도 사 먹고, 멸치정식, 졸복국밥, 푹 곤 장어 육 수에 된장시락국을 끓여내는 집까지 식도락 여행도 즐거웠 다. 또 배를 기다리며 별 기대 없이 들어간 집도 화학조미료 를 쓰지 않고 오직 주인장의 손맛으로만 버무린 밑반찬이며 깍두기며 감칠맛이 일품이었다.

동네 담장에 예쁜 그림들이 그려진 동피랑 벽화마을도 볼거 리가 많았다. 특히 마을 산비탈에서 막힘없이 내려다보이 는 바다가 절경이었는데, 이곳은 철거될 뻔했다가 벽화로 입소문이 나기 시작하면서 보존이 되었다고 한다. 벽화가 산비탈을 살리고, 산비탈이 그 멋진 바다 풍경을 살렸다.

통영에서 차로 한 시간이면 또 다른 느낌의 거제 풍광이 펼 쳐진다. 어디서든 바다가 보이고 아름다운 해수욕장도 많 다. 사시사철 바닷바람이 분다고 해서 '바람의 언덕'이라고 이름 붙여진 언덕을 오르면 오랜 세월 해풍을 맞으며 뿌리를 내린 수령 높은 동백나무 군락이 펼쳐진다. 쪽빛 바람이 몰아치는 한겨울에 핏빛 꽃망울을 피우고 지켜낸다고 생각하니 대단해 보였다. 그날 저녁, 누룽지를 끓여 가져간 밑반찬에 가볍게 먹고, 차 마시고, 과일 깎아 먹고 조촐하니 하루를 마무리했다.

이튿날, 엄마가 해수 온천욕을 하고 싶다고 하셔서 동네 어귀 아주 작은 대중탕을 찾았다. 물이 짭짤하질 않아 말만 해수인가 싶었는데 목욕 후 몸이 유독 개운했다. 해수의 효능이란다. 엄마도 가뿐해하셔서 애써 목욕탕을 찾은 보람이 있었다. 내내 기운이 없던 엄마가 여행 중에는 무릎이 아프다는 말을 한 번도 하지 않으셨다. 늙은 딸들의 재롱에 엔도르핀이 돌아서인지 아픈 것도 잊은 엄마를 보니 더 자주 모시고 다녀야겠다는 생각이 든다.

그 언제였던가? 아버지가 돌아가시고, 홀로 일하던 젊은 시절의 엄마가 우리를 데리고 명동에 나간 적이 있다. 초겨울이었던 듯 우리 네 식구는 목도리를 머리와 귀까지 똘똘 감싸 매 얼굴만 내놓은 채였다. 그땐 명동 거리에 사진을 찍어 파는 사진사가 있었는데, 그날 왜인지 엄마는 사진을 찍자고 했다. 아직까지 그때 우리 네 모녀의 기록이 흑백사진으로 남아 있다. 그 사진을 보면 홀라당 망한 집구석의 추레함

보다는 엄마랑 우리가 함께 있다는 따뜻함이 느껴져 눈물이 핑 돈다.

어릴 때는 학교 다녀오면 집에 없는 엄마가 늘 그리웠다. '다른 집 엄마처럼 울 엄마도…' 하는 부러움이 철없이 늘 마음에 얹혀 있었는데, 이제는 엄마가 일하러 나간 딸들을 기다린다. 엄마도 그런 마음이실까? 여행이 각자의 그리움을 비춰 보여주었다.

우리처럼 엄마를 모시고 나온 딸들도 많았다. 뭐가 그리도 사는 게 고달프고 시간 내기가 어려웠나.

내일이면 늦는데.

얼마나 못된 딸인가? 나는!

시어머님이 돌아가셨을 때, 날이 좋아 외려 마음이 더 가라앉았다. 비라도 내리면 날씨도 내 마음 같구나 할 텐데, 발인하고 하관하는데 날이 더 말개져 슬픔을 가릴 데가 없었다. 볕 좋은 곳에서는 개나리·진달래·목련꽃이 먼저 활짝 피었고, 우리 동네 산기슭엔 서둘러 핀 꽃봉오리들이 터질 듯 말 듯하여 멀리서 보면 마치 꽃 색깔의 안개가 둘러 있는 것 같았다.

시어머님을 처음 뵌 날, 선머슴 같은 내 모양새에 놀라 가만 계시기에 "제가 아드님 밥이나 제대로 차려 댈지 걱정되시죠?" 했더니 "어떻게 내 마음을 읽듯이 아냐?" 하신 게 잊히질 않는다. 맏며느리에게 부엌살림을 맡긴 지 오래라 기가 막히다는 시어머님의 음식 솜씨는 말로만 전해 들었지만 살면서 큰시누의 솜씨를 맛보면서 '어머님의 손맛도 이러하셨겠구나!' 짐작이 되었다.

내가 아는 시어머님은 음식 솜씨가 뛰어나셨고, 뉴스를 좋아하셨고, 정치인 이름을 줄줄이 꿰고 계셨다. 어느 날 "시집오지 않고 공부하셨더라면 무슨 일을 하고 싶으셨어요?" 했더니 "정치!"라고 짤막하게 답하셔서 어머니가 세상 돌아가는 소식에 밝으신 이유를 알 수 있었다.

한 대 걸러 손자·손녀들보다 당신 자식에게 더 각별하셨다. 손주들이 아파 당신 딸이 피곤한 기색이라도 있으면 그게 더 속상하다고 하시는 어른이셨다.

93세까지 사시다 주무시듯 가셨으니 호상이란다. 그러나 백수를 누리셨어도 남은 자식들에게는 삶의 뿌리가 죄 뽑히는 상실감의 무게가 호상이란 말의 무게보다 더 무거울 터다. 문상을 온 여고 동창들은 위로의 말을 전하며 친정엄마의 안부를 물어왔다. 그러면서 친정엄마를 모시고 사니 큰 특권이라고 했지만, 과연 그럴까? 한 지붕 아래 살지만 엄마 옆에서 하루 일을 자분자분 얘기하며 재롱을 떨어본 적이 있었던가. 엄마가 앉아 계시거나 서 계신 모습만 보고, 바람 소리 나게 들어오고 나가는 게 내 일상이었다.

1층과 2층 계단을 오르내리는 엄마의 걸음걸이가 얼마나 불편한지, 힘겨워하시는지 몰랐고, 허리가, 무릎이, 어깨가 얼마나 허물어져 가는지를 찬찬히 살펴볼 여유가 없었다.

무심하기 짝이 없었다. 말하는 게 일이라 집에 오면 입 꾹 다물고 되도록 말없이 지냈으니 얼마나 못된 딸인가, 나는! 앞으로 어떤 괴로운 일이 닥칠지는 모르지만, 엄마께 마음으로 다가갈 시간이 내게 남아 있으니 고맙기만 하다.

시어머님을 잘 보내드리고 돌아온 뒤로 남편이 가슴 한가운데가 막혀서 잘 먹지 못하고 영 기운이 없어 보여 걱정이다. 시어머님을 홀로 모셨던 둘째 아주버님은 그저 눈물만 주르륵이다. 제아무리 추운 겨울도 봄이 오면 밀려나듯, 남은 가족들의 우울함도 어느 결에 지나가길 바라본다.

엄마가 딸에게

내게는 오래전, 엄마가 보낸 엽서가 있다. 벌써 33년 전의
일이다.(1989년 7월 24일 일본 우편국 소인이 찍혀 있다.)

> To. 희은 부부에게
>
> 생일을 축하한다. 이 더운 날씨에 조 서방 몸조심하고
> 건강하기를 기원하며, 바빠지기 전에 미리 선물 보낸다.
> 혹시 이사할지도 모르니 7월 24일은 전화만 하기로 하자.

이때 엄마는 생일 선물로 여름 이불을 보내주셨다.
다음 편지는 재작년 8월 나의 칠순 때 엄마가 주신 편지다.

> To. 우리 희은아
>
> 세상에 하나밖에 없는 나의 큰딸! 이 편지를 약 30년 만
> 에 너에게 써보네. 사랑한다는 말은 너무나도 가볍고 흔한
> 말이지. 항상 너를 볼 때나 네 생각을 하면 가슴이 벅찬데,
> "사랑한다" 그 말은 잘 나오지 않더라. 너를 생각하는 마

음은 말로 다 못 할 정도로 벅차! 많은 세월이 흘러도, 나는 너의 어렸을 때를 기억해. 어려서도 대범하고 잘난 척하고… 그랬는데 기억나려나? 세 살 때 옆집 아이들이 제 엄마를 "어머니" 하고 부르는 소리를 듣고 와서는 나에게 "어머니~" 하고 천연덕스럽게 부르던 일. 그동안 많은 일을 겪으며 그 세월을 꿋꿋하게 이겨낸 나의 귀중한 보배, 희은아! 장하다. 정말 멋있다. 우리 딸, 앞으로도 건강하게 씩씩하게 잘 살아줘.

—못난 엄마가

엄마에게 보내는 답장은 여기에 남긴다.

To. 엄마

엄마! 만약 엄마마저 일찍 떠나셨더라면 우리 딸 셋은 얼마나 의지가지없이 떠돌았을까요? 그 생각을 하면 지금도 저희 곁에 계시는 게 얼마나 고마운지 몰라요. 우리 나이가 되면 다 고아잖아요.

며칠 전, 친구의 친정엄니도 100세 생신 상을 LA 요양원에서 받은 후 떠나셨다는데, 코로나19로 발이 묶여 찾아가 뵐 수 없었다니 그 마음이 오죽했을까요? 멀리 떨어져 사는 자식은 자식도 아니라는 친구의 얘기에 제 마음도 아팠네요.

결혼 후 고향 떠나서 뉴욕에서 살던 때에도 엄마를 모

시고 살 수 있었으니 남편에게 정말 고맙지요. 타국에서 살던 시절은 물론이고 살면서 지금까지 엄마에게 받은 게 얼마나 많은지요. 우리 딸 셋뿐만 아니라 희경과 희정의 아이들까지 애들 넷을 다 키워주시고, 아이들이 고만고만 했을 때부터 음악과 그림에 관심이 남달랐던 것도 다 엄마 쪽 기질일 거예요. 희경의 아들은 둘 다 같은 계통에서 일을 해서인지(큰아들은 조명, 작은아들은 배우) 모자가 동료로서 이해하는 바도 크잖아요? 어린 날 함께한 할머니의 영향이 지대했겠지요.

2015년 12월, 모녀 삼대가 일본 여행을 잘 하고, 한국으로 돌아갈 비행기를 타러 가는 택시 안에서 엄마는 심부전 발작으로 의식을 잃었죠. 희경과 일주일간 서로 기대어 그 겁나고 두려운 시간을 견뎌야 했어요. 그때 희경마저 곁에 없었더라면 저는 돌아버렸을 거예요. 엄마가 용을 쓰시다 의식을 잃었던 순간, 막내와 저는 이 세상에 태어나 질러본 고함 중에 제일 큰 고함을 질렀을 거예요.

"안 돼! 엄마, 안 돼! 이대로 못 가! 안 돼, 안 돼! 정신 차려, 제발!"

그날 응급실에서 엄마의 옷은 가위로 잘려 두 동강이 났고, 말도 통하지 않는 상황에 엄마를 맡겨야 한다는 두려움과 불안으로 머리가 빠개질 것만 같았어요.

더욱이 연말연시라 엄마를 병원에 두고 갈 곳도, 물 한

병을 구할 수조차 없어 어쩌나 막막하던지. 다행히 여행사의 배려로 숙소는 겨우 얻었지만 버스마저 끊긴 시간이라 인기척 없는 캄캄한 길을 희경과 걸으며 아무 말도 할 수 없었어요. '이런저런 관을 꽂고 식물인간이 되어 계신 건 아닐까?' 그 말이 현실이 될까 봐 무서워서 우리는 감히 다음 날 엄마의 안위를 입 밖으로 낼 수조차 없었어요.

다음 날, 심장내과 특수 병동으로 면회를 갔을 때 온통 유리창으로 둘러싸인 큰 방에 엄마 혼자 주렁주렁 관을 꽂은 채 우리를 보고 웃으실 때, 세상 기적이 따로 없을 정도였지요.

이후 방송 녹화로 희경이 먼저 서울로 돌아가고 대신 큰조카가 와서 동무를 해주는 그 3주 동안이 마치 3년 같았네요. 그날로부터 8년이 지난 지금까지도 굳건하게 우리 곁에 계시는 엄마! 떠나보낼 준비가 전혀 안 되어 있던 우리 딸 셋에게 서서히 준비할 시간을 주심에 감사드려요.

엄마, 사랑해요.

서로의 인생에서
자연스럽게 등장해주는 것이 인연이다

남편과 일본 주고쿠 지방 돗토리현에 위치한 요나고 시에 다녀왔다. 2015년 12월 27일, 그곳 택시 안에서 있었던 일을 떠올리면 아직도 가슴 한가운데가 뻐근하고 서늘해진다. 숨이 안 쉬어진다 하시더니 곧 정신을 잃으신 엄마. 돗토리대학 부속 병원 응급실로 향하는 길에 세상 무서운 생각이 다 들었다.

이걸 어쩌면 좋은가?
이 상황에서 내가 무얼 할 수 있나?
언제까지 여기 묶여 있어야 하나?
못 깨어나신 채, 식물인간 상태가 된다면?
긴 시간 이 나라에서 버틸 수는 없을 텐데?

"안 돼, 안 돼! 엄마, 우리 집에 가자. 집에 가자."

이 말만 속으로 되풀이했다. 이 밤을 넘기고 내일 아침까지 버티실까? 이대로 끝인가? 최악의 시나리오와 최선의 시나리오를 썼다 지웠다 했다.

끔찍한 하룻밤을 보내고 다음 날인 12월 28일, 다행히 엄마는 온몸에 줄줄이 관을 매단 채 우리를 보고 웃었다. 병원에서는 퇴원을 하려면 엄마의 한국 처방전이 필요하다고 했다. 여행사와 백방으로 방법을 찾던 중에 자유여행으로 한국을 자주 드나드는 한 분을 알게 되었다. 그분을 29일에 공항에서 뵙기로 했다. 그날 공항에 처방전을 받으러 나갔다가 복미 씨를 만나지 못했다면 우린 또 어땠을까? 공항 안내 센터에서 한국어를 하는 싹싹한 말투의 복미 씨를 보고 희경이가 말을 건넸다. 출장 다녀오는 길이라면서 당연히 도와야 한다고 생각했다며 도리어 우리를 위로하며 처방전을 건넸다.

자신의 전화번호를 주며 우리가 일본에 머무는 동안 살뜰히 들여다봐준 것은 물론 집에 초대해 따끈한 밥도 차려주었다. 2주 동안 그 댁을 오가며 이 세상 어디서도 못 얻어먹을 밥상을 받았다. (복미 씨의 어머니 음식 솜씨는 겨룰 자가 없다. 감히 최고의 소울 푸드라고 할 만했다.) 어떤 날에는 찰밥과 반찬을 첩첩이 만들어 찬합에 담아 숙소에 맡기고 가기도 했다. 설 연휴라 대부분의 가게가 닫혀 있어 얼마나 고맙던지.

엄마의 퇴원 날, 복미 씨에게 한글을 배우는 오카다 씨의 차가 넓다면서 병원 앞까지 마중을 나와 우리를 태우고 복미 씨 댁으로 갔다. 비행기 시간 전까지 맛난 점심과 차를 대접받고 휠체어까지 준비해준 덕분에 편안하게 돌아갈 수 있었다.

그로부터 2년 뒤인 4월의 어느 날, 복미 씨와 그녀의 어머니, 장성한 두 아들, 오카다 씨까지 한국에 방문했다. 수산시장에서 찐 게가 먹고 싶다는 복미 씨 모친의 바람대로 노량진에 가서 싱싱한 해산물을 직접 골라 2층 식당에 자리를 잡았다. 식사를 하는 내내 초긍정 에너지의 웃음소리가 끊이질 않았다. 복미 씨 모녀의 웃음소리는 듣는 사람의 기까지 살리는 특별한 재주가 있다. 이튿날에는 내 단골 중식당에서 함께 점심을 했는데, 삼선 간짜장 맛에 오카다 씨가 놀란 듯했다. 그래 봐야 내가 복미 씨에게 받은 게 더 많은데 복미 씨는 신세를 졌다며 다음번에 자기가 제대로 요나고 구경을 시켜주겠다며 초대를 해주었다. 그래서 이번에 남편과 요나고를 찾은 것이다.

큰 창 가득 바다가 보이는 숙소와 예술 같은 정식 코스, 높은 건물이 거의 없다시피 해서 시야가 탁 트인 소도시의 풍경, 눈 들면 파란 하늘과 기분 좋은 바닷바람까지 부족함이 없었다. 그리고 산악인들이 많이 찾는 다이센야마 국립공원도 다 좋았다.

기가 막힌 타이밍에 서로의 인생에 자연스럽게 등장해주는 것, 이것이 인연이다.

춥고도 습한 일본의 겨울, 기댈 곳 없어 황망했던 그 겨울에 그럴 수 없을 정도의 따뜻한 도움을 어찌 잊을까.

술처럼 익어가는 인생

시간이 흘러가는 걸 무엇으로 실감할까?《월간 여성시대》
가 깔리는 매달 10일이면 "아~ 또 한 달이 지나갔네" 헛웃
음을 실실 지으며 다음 원고 쓸거리 걱정을 한다. 늘 텀블
러에 집에서 내린 커피를 담아 다니는 나는 100개짜리 커피
필터가 다하면 어느새 석 달이 갔네 한다. 또 요일별로 칸칸
이 담아놓은 약이 떨어지면 일주일이 지난 것이다. 노견 미
미에게 저녁 산책 후 안약을 넣어주고 관절에 좋은 약, 심장
을 보호하는 약, 비타민을 잘게 잘라 먹이고 나면 우리 부부
의 하루가 끝난다.

하루, 한 주일은 물론이요, 한 달, 석 달도 휘이익 지나간다.
그러는 동안 예전만큼 만나지 못하는 친구들과는 더 자주
카톡을 한다. 집에서 기르는 화분에 귀한 꽃이나 열매가 보
이면 사진을 찍어 단톡방에 올리고, 서로 잘 길렀다고 추켜
세우며 기뻐한다. 일상의 소소한 일들을 나누는 방법도 달
라졌다.

올해 우리 동기들은 칠순을 맞는다. 그냥 보내기는 아쉬워 방역 규제가 심하지 않을 때 한 친구 집에 모여서 단체로 칠순 축하 모임을 가졌다. 꽃과 차, 음식, 그리고 케이크를 준비해 촛불을 밝히며 서로 박수를 쳐주었다. 그날 동기들을 겨우 만난 것 빼고는 친구들과 만나서 밥 한 끼를 못 하니까 각자의 일정대로 몇 날 며칠 카드와 선물을 기프티콘으로 보내와 되레 축하받는 내가 피곤해졌다. 생일 당일 0시에는 송은이와 김숙이 (자기네가 처음으로 축하한다며) 우리 집 현관 앞에서 축하 노래와 꽃다발을 놓고 영상을 찍어 보냈는데, 나는 그것도 모르고 꿈나라였다.

이번 생일은 이렇게 화면 너머로 보고 싶은 이를 보며 지나겠거니 했는데, '〈여성시대〉(구)옆지기' 서경석과 목요일 코너지기이자 코미디언 장용이 춤도 춰주고 절도 하는 바람에 유쾌하고 짤막한 고희연이 열렸다. 나도 같이 무릎 꿇고 맞절을 하며 한바탕 웃었다.

평소 친하게 지내는 이성미, 김혜영, 최유라(라디오 진행자 모임 멤버들이다.)가 "칠순 선물로 무얼 해줄까?" 묻기에 "이 시국에 무슨 칠순이냐?"며 손사래를 쳤지만 사지 말라고 해도 살 사람들이라 유산균, 눈에 좋은 루테인, 오메가3, 얼굴 비누와 스킨 등을 이야기했다. 이제는 갖고 싶은 값비싼 물건도 없다.

간만에 유일하게 전원이 모인 자리였다. 후배 셋은 꼭 축하해주고 싶은 우리의 칠순 언니 얼굴을 보니 눈물 나게 뭉클하고, 준비한 자신들이 기특해 서로 끌어안았단다. 이 나이에 고깔모자를 쓴 나도 행복했다.

칠순 생일이라고 뭐 별건가. 좋은 사람과 만나서 마음을 나누니 그걸로 충분했다. 동료들의 진심 어린 축하가 가슴으로 전해지니 내가 잘 살아오긴 했네 싶었다. 선물을 준비하며 너무 행복했다며 사랑하는 후배 셋이 웃었다. 내 일흔 번째 생일은 언제나처럼 가장 가깝고 편한 사람들과 기쁨을 나누며 그렇게 지나갔다.

힘 빼고, 욕심 내려놓고,
편안하게

가을이 깊어가는 하늘을 보며 아쿠아반의 동갑내기가 내게
말을 붙였다.

"요새 자전거 타면 너무 좋아. 가슴이 그냥 뻥 뚫리는 게 속
이 다 시원해져. 아침엔 쌀랑하더니 열심히 페달을 밟으니
까 땀이 나더라고. 그런데 핸들 잡은 손은 시려서 덜덜 떨리
대. 날 추워 부담스럽고 움츠러들기 전에 부지런히 운동합
시다."

자전거 탄 지가 20년이 됐는데 아직도 달리면 설렌다는 그
녀가 솔직히 부러웠다. 무언가를 향해 설렘이 남아 있다는
건 가슴이 젊다는 뜻이겠지? 노래한 지 53년째인 나는 무대
를 보면 설레는가? 외려 어려운 숙제 거리인 것만 같다.

요사이 숱한 젊은이들의 경연을 보면 놀랍고 또 놀랍다. 몇
년 동안 연습생으로 살거나 오랫동안 무명으로 지내다가 기

어코 마이크 앞에 선 순간, 일생일대의 기회라 여기는 그 무대에서 기를 쓰고 해낸다. 참 대단하다. 음을 다루는 기술이 놀랍다. 그런데 음과 음 사이 (글의 행간과 같은 틈새) 묻어나는, 말로 집어내기 힘든 거시기를 아는 젊은이는 많지 않은 것 같다. 마음이 가려진 자리에 현란한 장식음들이 가득 찬다. 기술은 연마하다 보면 습득할 수 있지만 음 사이 공간에 실리는 감정은 그렇지 않다.

어느 해인가 MBC가 여의도에 있던 시절, 출근길 여의도공원 단풍이 봄날의 꽃보다 화사했다. '나이 듦도 꽃보다 더 깊은 화려함일 수 있겠네. 젊음보다 빛나는 중장년! 충분히 그렇겠네' 고개를 끄덕였다. 그 낙엽처럼 사람의 마음을 온통 물들이려면 어찌해야 할까?

수영을 배울 때 가장 먼저 하는 일은 몸에 힘을 빼는 거다. 호흡 조절이 잘 안 되고, 코로 물이 들어가는 상황에 겁이 나서 힘을 빼기란 쉽지 않다. 하지만 천천히 연습을 되풀이하다 보면 호흡과 팔 젓기, 발차기의 박자가 맞아떨어지게 되는 순간 그제야 힘이 빠지면서 편안해진다. 노래도 혼자 흥얼대는 콧노래가 최고인데 그 이유는 힘이 빠져 있기 때문이다. 잔뜩 힘주어 내지르면 노래는 풀썩 주저앉아 공명도 덜하다.

사람끼리 소통도 그렇지 않을까? 무얼 작정하면 시작부터 실패다. 그 사람 마음에 주파수를 맞추고 공감할 때 소리가 잘 들리고, 비로소 그 사람을 알게 된다. 알면 사랑하게 된다.

이달의 최대 이벤트는 KBS〈전국노래자랑〉녹화였다. 새롭게 진행을 맡은 김신영의 첫 녹화라서 아침 일찍부터 서둘렀다. 신영과는 31살 나이 차이가 나지만 방송을 떠나서 여행도 같이 다니고 서로의 생일이며, 기념일이며, 좋은 일과 힘든 일을 챙긴 지 오랜 사이다. 어릴 적 신영이가 생일파티를 해본 적이 없다기에 "지금도 늦지 않았다. 네 친구들 다 불러" 하며 집에서 왁자지껄하게 파티를 해준 적도 있다. 딸 같은 후배라 얼마나 떨릴까 싶어 예정되어 있던 페스티벌 시간도 늦추고 오프닝을 하러 나선 참이었다.

신영에게 "힘 빼고 욕심 내려놓고 편안하게 하라"고 얘기했지만, 정작 긴장하고 떤 사람은 나였다. 〈참 좋다(2014)〉 가사를 두 군데나 엉뚱하게 부르고야 말았으니, 이런 코미디가 있나!

백주대낮에 하는 공연이라 관객들의 얼굴이 훤히 다 보이고, 춤추는 분들도 바로 앞에 계셔서 무슨 말을 했는지도 기억이 나질 않는데 방송을 본 사람들은 따뜻한 감동이 있었다고 한다. 다행이다.

노래가 무언지 알 때쯤
노래는 나를 떠나네

무성한 여름을 향해 봄이 달리고 있다. 세상 가득 채우며 깨어나는 생명의 푸릇함을 보라고 '봄'이라 이름하였을까? 안 보이던 것들이 여기저기서 보이기 시작해서 '봄'이 되었나? 어린잎들이 죄다 아우성을 쳐대는 휴일 아침, 벚나무 잎들이 분홍이 섞인 연둣빛 잎을 키워내고 있었다. 꽃이 진 자리에 밀고 들어와 잎으로 채우는 교대 근무일까?

라디오 진행자들은 꽃이 필 즈음이면 꽃구경 얘기를 잘도 하지만 막상 길 떠나서 유명하다는 곳으로 다니기란 거의 불가능하다. 평소에도 많은 사람들 앞에서 일하는데 쉬는 날까지 엄청난 인파에 휩쓸려 다니는 건 도무지 쉬는 것 같지 않아서다. 사람들과 눈이 맞으면 웃고, 또 사진도 함께 찍어야 하니 혼자 말없이 마냥 걷고 싶거나 멍 때리고 싶어도 그럴 수가 없다.

어렸을 때는 모르는 이가 내게 친근하게 다가오면 이상한 기분이었다. '나는 저 사람을 모르는데 저 사람은 왜 나를 아는 척할까?' 하고…. 휴일 아침 수영장에서 70년대 초에 내가 진행했던 프로그램 〈우리들〉 때부터 라디오를 들었다면서 반갑게 인사를 하는 이가 있었다.

"목소리를 들으니까 꼭 오래전부터 아는 사람을 만난 것 같아요. 〈우리들〉 때부터 선생님의 방송을 들었으니 저는 너무 잘 아는 분 같은데 사실 저희 전혀 모르는 사이잖아요? 어쩜 이렇게 딱 만나죠? 너무 반가워서 꿈을 꾸고 있는 거 같아요."

이른 아침 수영장 바닥에 물그림자가 어리며 빛이 만드는 굴절이 마음을 환하게 만들었다.

사실 쉬는 날에도 어김없이 일찍 눈이 떠지니 좀 억울했다. 한 시간 정도 늘어지게 더 자고 싶은데 아침을 차리고 빨래를 돌리고 점심거리를 챙긴다. 도대체 왜 새벽에 문을 여는 가게는 없는 걸까? 나이를 먹으니 아침에 놀거리와 함께 놀아줄 사람이 필요하다. 새벽 6시에 여는 카페나 식료품 가게는 찾을 수 없으니, 이른 아침 카페에서 간단한 아침 식사와 커피를 즐긴다거나 새벽에 장보기, 영화 구경 등이 아쉽다.

벚꽃이 지기 전에 꽃길을 걸어보자고 친구들과 만나서 맛나게 밥 먹고 얘기만 나누다가 헤어졌다. 비 오면 꽃이 질 거라며 서둘러 남산 길을 걸은 친구, 꽃무늬 가득한 재킷을 걸치고 올림픽공원 벤치에 한참 앉아 있었다는 친구 얘기에 멍 때리기도 필요하다며 잘했다고 다들 격려해주었다.

남편과 나이 차이가 나는 친구들은 다 병원 뒷바라지로 지쳐간다. 너무 힘들 때면 혼자만의 동굴로 홀쩍 들어간단다. 집 앞 공원이나 동네 카페라도 혼자 나와 쉴 수 있으면 그곳이 각자의 동굴이 되겠다. 독일에 사는 친구는 동굴을 찾아 간만에 서울로 나온다면서 뭐 부탁할 것 없냐기에 두 가지 약을 부탁했다. 혈액순환 개선제와 두피 영양제! 뭐 더 없냐고 자꾸 묻는데 이제 내게 필요하고 절실한 건 약뿐이라고 답했다. 그러면서 둘이 낄낄댔다.

"지금 무슨 좋은 옷, 신발, 핸드백이 필요하겠냐.
겉에 걸칠 것보다야 내실을 기하자.
건강하자. 잘 버티자"로 이야기를 마쳤다.

동네 한 바퀴를 걷는데, 산그늘이 진 곳은 꽃도 더뎌서 철쭉, 싸리꽃, 복숭아꽃, 앵두꽃, 라일락까지 집집이 담장 너머 고개를 내밀고 미모를 자랑하고 있었다. 꽃 이야기가 이리도 긴 걸 보니 한 시절이 지났다는 얘기다. 새파란 젊은이가 "꽃, 꽃, 꽃~" 하는 건 들어본 바 없어도 나이 든 사람들의 꽃 이야기는 흔하다. 인생의 꽃이 다 피고 진 뒤에 비로소 마음속에 꽃이 들어와 피어 있다는 거니까.

노래도 마찬가지다. 노래가 무언지 알 때쯤 노래는 나를 떠난다. 일할 기회도 좀처럼 주어지지 않는다. 쓸쓸하게 웃는다. 노래할 기회가 점점 사라진다. 어쩌다 노래할 일이 생기면 마냥 고맙다가도 두렵다. 날이면 날마다 무대에 서서 노래할 때는 어디서나 쉽게 노래가 나왔다. 드문드문 일이 있을 땐 가사를 잊을까 봐 (남의 노래인 경우) 며칠을 중얼거리다 꿈에서도 그 곡을 익히고 있는 나를 본다. 한밤중에 깨어 노랫말을 읊조리는 나!

무대 공포는 더더욱 심해져서 이 사람이 53년짜리 가수가 맞나 싶다. 가슴이 울렁거리면 노래 시작부터 흔들리고 호흡이 평온하지 않다. 동생 희경이는 무대에서 한 번도 떤 적이 없다는데 나는 모지리인가? 공연을 시작해서 한 40여 분간은 그놈의 공포와 싸우다가 서서히 풀어진다. 경력이 쌓이면서 그나마 지금은 5분 정도면 공포가 정리된다.

하지만 내 콘서트가 아니라 한두 곡만 부르는, 떨다가 마는 무대는 어쩌랴! 나는 기가 막혀서 웃는데, 보고 듣는 이들은 여유만만으로 안다. 속은 엄청 떨린다고 밝힐 수도 없고…. 어떤 노랫말 중에 "흔들려도 흔들리지 않게~"가 있는데 나에겐 참 어려운 얘기다.

털고 솎아내야 더 찬란하게
꽃피울 수 있구나

모처럼 따뜻한 날씨가 사나흘 계속되더니 꽃망울이 앞다투어 터졌다. 예전에는 꽃피는 데에도 순서가 있었던 것 같은데 요즘은 어찌된 일인지 꽃망울도 아직 멀일 같았던 봄꽃이 갑자기 미친 듯 꽃 잔치를 벌인다.

'그래! 이번 주말엔 꽃길을 걸어봐야지. 엄마를 모시고 아차산 언저리를 가볼까? 아니면, 인파가 붐벼도 여의도로 나갈까? 희경이랑 희정이도 오라고 해서 같이 꽃구경하고 맛있는 점심이라도 먹자' 했다. 그런데 중요한 것을 잊었다. 날씨가 어디 내 마음과 같을까?

꽃구경을 벼르던 주말, 비바람을 맞으며 광화문으로 향했다. 비바람이 거세어 우산은 이미 소용이 없어졌고 우비를 입은 이들도 안쓰럽게 떨며 제 갈 길을 갔다. '내 화분의 환생 프로젝트'라는 수업을 듣기 위해 나선 길이라 한 손에 화분을 들고 있어 영상의 날씨임에도 손이 시렸다. 이 와중에 길도 헤매 주차장과 세종대왕 동상 사이를 두어 번 왔다 갔다 했더니 완전 물에 빠진 생쥐 꼴이 되어서야 수업 장소에 도착할 수 있었다.

허브 정원에 관심이 있어 제대로 배우고 싶은 마음에 참여한 수업이었다. 낡은 화분에 딜, 타임, 로즈마리, 세이보리와 같은 허브들을 심고, 핑크라는 이름의 팬지와 코스모스도 심었다. 바깥에 비바람이 심술궂게 휘몰아쳐도 아이들에게 새로운 체험을 하게 해주고 싶어 찾아온 엄마들과 나는 차분하게 화분을 만들었다. 각자 가지고 온 화분의 재미난 역사도 들었다.

자갈 모양의 특수한 돌을 먼저 깔고, 그 위에 흙을 깔아준다. 작은 비닐 화분을 벗겨 모종을 심고 흙을 담은 후 이끼를 덮는다. 이끼는 수분 증발을 막아주는 역할을 한다.

작은 화분에 심은 코스모스에 피었다 진 꽃을 따주며 강사는 흥미로운 이야기를 했다. "식물이 엄청난 에너지를 쏟는 일은 꽃을 피워 씨앗을 맺는 일이에요. 피었다 진 꽃을 따주면 그 에너지가 새로운 꽃대 쪽으로 가서 더 힘껏 꽃을 피워 씨앗을 맺을 수 있어요." 속으로 '아하! 진리가 따로 없군!' 했다.

털고 솎아내야 더 찬란하게 꽃피울 수 있구나. 과거의 영광은 선선히 내어버려야 건강한 씨앗을 맺을 수 있구나. 거기서 귀한 가르침을 얻었다.

험상궂은 날씨가 나의 발걸음을 뒤흔들었지만 화분을 가지고 돌아오는 길은 뿌듯했다. 집에 돌아가면 물을 흠뻑 주라고 해서 그렇게 했다. 흙을 만지고 작은 초록빛 생명을 심고, 뭔가를 배우고 찬찬히 지켜보는 일은 값지다.

2장

못 다한 노래가
남아 있네

노래에 빛이 있어

〈아침 이슬〉을 이렇게 오래도록 부르게 될 줄 누가 알았을까. 필연 같은 우연이라고 할까, 운명 같은 노래라고 할까? 이렇게밖에 표현할 수가 없다. 무얼 작정하고 그 노래를 불렀다면 이렇게 오래 남을 수 있었을까?

1971년 8월 〈아침 이슬〉을 취입하고, 노래가 대학가에서 입에서 입으로 전해지던 어느 날엔가 등굣길 만원 버스 라디오에서 내 노래가 들려왔다. 순간 온몸에 소름이 쫙 돋았다. '이게 무슨 일인지?' 방송국 피디에게 노래를 틀어달라고 홍보 한 번 해본 적이 없었는데, 노래는 알아서 퍼져나가고 있었다. 예나 지금이나 내 노래가 다른 사람들에게 가닿는 걸 보고 듣는 건 놀라운 일이다.

데뷔곡인 〈아침 이슬〉은 그 후로 오랜 세월 동안 내 이름에 한데 묶여 따라다닌 만큼 숱하게 읊조렸고, 숱하게 이 노래가 불리는 것을 들었지만 1972년, 거리에서 들은 〈아침 이슬〉은 잊지 못할 것 같다. 그즈음 나의 일상은 아침이면 허둥대며 학교 가기 바빴고, 저녁이면 어김없이 라이브 홀인 '오비스 캐빈' 무대에 서는 나날이었다. 그날도 일하러 가기 위해 학교를 나서던 참이었다. 하루가 멀다 하고 학생들이 거리로 쏟아져 나와 데모로 흐트러진 학원 질서를 바로잡겠다고 위수령이 발동되어 대학가의 민주화 운동이 더 거세지고 있던 때였다. 교문을 나와 신촌로터리로 향하는데, 나를 본 학과 교수님이 소리를 빽 질렀다.

"양군, 왜 여기에 있어! 빨리 다른 데로 가!"

정신을 차리기도 전에 시위대 물결에 휩쓸렸다. 밥통인 기타를 놓칠세라 끌어안은 채 인파에 흘러가고 있는데, 저 너머에서 시위대가 부르는 노랫소리가 들려왔다.

> "태양은 묘지 위에 붉게 떠오르고
> 한낮에 찌는 더위는 나의 시련일지라
> 나 이제 가노라 저 거친 광야에
> 서러움 모두 버리고 나 이제 가노라"

그야말로 모골이 송연해진다는 게 이런 걸까. 온몸에 소름이 돋아 머리끝까지 쭈뼛했다. 시위대가 한목소리로 부르는 〈아침 이슬〉은 내가 부른 그 노래가 아니었다.

'어떻게 이 노래가 이렇게 불릴 수 있을까? 이런 노래가 아닌데, 아닌데….'

내가 불렀던 노래와 전혀 다른 느낌이었다. 〈아침 이슬〉은 서울대 미대에 재학 중인 김민기 선배가 국립4.19민주묘지 근처에 살 때 만든 곡이다. 작업이 풀리지 않아 멍하니 창밖을 보고 있는데 작은 묘지들이 눈에 들어오더란다. 그렇게 만들어진 노래를 당시 엄마의 빚에 구덩을 치르고 있던 내가 "서러움 모두 버리고 나 이제 가노라"라는 가사 좋아 부른 노래였다. 훗날 한 인터뷰에서 김민기 선배가 "그 노래가 내 몸에서 나간 것이긴 한데, 나간 것의 백배가 되어서 돌아오면 내 몸이 버거울 수밖에…"라고 한 것을 읽은 적이 있는데, 그때 내 마음도 그랬다.

한참 세월이 지난 후에야 '이게 노래의 사회성이구나' 깨달아졌다. 노래는 되불러주는 이의 것이구나. 노래를 만든 사람, 처음 부른 가수의 것이 아니구나. 여러 번 굴절을 거쳐 어떤 가슴으로 불릴지는 누구도 점칠 수 없다. 그래서 세상에는 수천수만의 〈아침 이슬〉이 있을 것이다.

1975년에 금지곡이 되어 1987년 해금이 되기까지 방송에서 〈아침 이슬〉을 부를 수 없었다. (데뷔 앨범인 《1971 양희은의 고운 노래 모음 1집》은 나중에 구하기 힘든 희귀본이 되었다.) 대학 축제 무대에서는 공연 전에 "양희은, 〈아침 이슬〉을 부르지 마라!"라는 쪽지가 날아왔고, 어떤 날은 미처 노래를 부르기도 전에 모였던 이들이 난리 통에 흩어졌다. 최루탄이 일상이었다.

1987년 6월, 이한열 열사가 최루탄에 맞아 세상을 떠나 학생들뿐만 아니라 넥타이 부대까지 거리로 쏟아져 나왔다. 그런데 나는 그 자리에 함께하지 못했다. 신혼여행으로 해외에 나와 있어 이후에 전해 들은 절망적인 소식에 눈물만 주룩주룩 흘렸다.

함께하고 싶었다.
나도 거기에 함께 있고 싶었다.

이 버거운 노래 빚을 어찌 다 갚을까. 가슴 한쪽에 빚을 잔뜩 걸머지고 사는 사람이 되었다. 언젠가 빚을 갚고 싶었다. 그래야 편히 떠날 수 있으리라.

그래서 2016년 겨울, 광화문 광장에 올랐다. 수십만 개의 촛불이 〈아침 이슬〉, 〈상록수(1978)〉와 함께 반짝였다.

청바지에 고무신을 신은 여가수

저녁을 먹고 미미와 임시 보호 중인 시누이댁 강아지 초코까지 데리고 산책길에 나섰다. 흰 곰 인형 같은 초코가 지나가면 사람들이 다 웃으며 봐준다. 어떤 아주머니가 "아유~ 앤 너무 예뻐서 달랑 데리고 가고 싶네. 개나 사람이나 예쁘고 볼 일인가 봐" 해서 웃었다. 미미와 초코 둘을 데리고 나가면 모든 시선은 초코 혼자 받는다.

예전에 퍼그 두 마리와 살 때 그런 생각을 한 적이 있다. 세상엔 퍼그가 귀엽다, 예쁘다는 사람과 못생겼다고 피해 가는 사람, 두 부류로 나뉘는 것 같다고. 예쁜 아이와 못생긴 아이, 극히 주관적인 판단이지 않은가? 서로 다른 취향을 두고 뭐라 할 수는 없다만 외모 얘기를 해도 너무 한다는 생각이 든다. 뭘 입고, 뭘 신고, 뭘 들었는지 참 관심도 많은 이상한 나라에 살고 있다.

〈아침 이슬〉로 활동하던 당시 청바지를 입고 무대에 올랐을 때도 말이 참 많았다. 선머슴 같은 애가 청바지에 청남방, 운동화 차림으로 무대에 오른다고, 원로 가수들이 "작업복 같은 청바지를 입은 저런 아이와는 함께 무대에 설 수 없다"며 야단을 했다. 드레스를 갖춰 입는 게 무대에 대한 예의라고 생각하는 분들이었으니 그럴 만도 했다. 실제로 언제 뵈어도 흐트러짐이 없는 패티김 선생님은 그 옛날부터 한결같이 흙을 밟지 않은 구두에 드레스 차림으로 무대에 오르셨다. 무대에 대한 경외의 마음을 그렇게 한평생 지키신 분이다.

내가 청바지를 입고 무대에 올랐던 건 청바지를 좋아하기도 했지만 무엇보다도 내 분수에 맞았기 때문이었다. 학교를 파하고 집에 들어갔다가 다시 일하러 나갈 시간적 여유가 없었다. 그래서 등교할 때 아예 기타를 들고 나와야만 했다. 기타 케이스에 멜빵도 없어서 한 손에 기타를 들고 다른 손에 책가방까지 들면 언제나 어깨가 결리고 아팠다. 그런 차림으로 만원 버스에 오르면 몸은 여기에 있고, 기타 케이스는 저쪽에 껴 있고…. 깨끗이 빨아 신은 흰 운동화는 짓밟혀 있고…. 그러니 당시 유행이었던 하이힐과 미니스커트는 언감생심이었다. 스타킹 올이 나갈 때마다 새걸 살 형편도 안 됐지만, 미니스커트를 입고서는 높은 의자에 앉아 기타를 칠 수 없었다. 치마 속이 들여다보일 테니까.

그러던 어느 날 비가 억수로 쏟아지는 날이었다. 경사가 꽤 있는 서강 언덕을 냅다 뛰어 올라온 덕분에 지각은 면했지만 운동화 밑창이 갈라져서 빗물이 잔뜩 새어 들어왔다. 교실 바닥에서 올라오는 냉기로 발이 시리다 못해 나중에는 저려왔다. 그런데, 이튿날에 비가 또 내렸다.

'새 운동화를 사 신을 돈이 없는데….'

신발장을 뒤지다가 고등학교 때 민속무용 경연 대회에 나가느라고 신었던 고무신 한 켤레를 찾아냈다. 할 수 없이 청바지에 흰 고무신을 신고 등교를 했다. 오비스 캐빈 무대에도 고무신을 신고 올랐다. 그런데 그 고무신이 나의 트레이드 마크가 되어 나중에는 꽃고무신으로 업그레이드되기도 했다. 청바지에 꽃고무신을 신은 여가수, 어떤가?

매스컴에서 청바지와 통기타가 반항적인 청년 문화의 상징이라고 떠들어대며 '청바지 여가수'니 뭐니 갖다 붙여도 그런가 보다 했다. 가난한 햇병아리 가수였던 나는 그저 뒷주머니에 빳빳한 500원짜리 한 장이 들어 있으면 족했다.

나이 서른이 지나고 나서야 처음으로 돈을 주고 내 옷을 사 보았다. 그전까지는 늘 친구들이나 선배들이 챙겨주는 옷들을 걸치고 살았다. 남이 입다가 주는 옷은 새 옷처럼 반들거

리지 않아서 좋았고, 적당히 낡은 감촉도 아주 편했다. 나이
만큼 청바지 숫자도 늘어서 나중에는 탐을 내는 후배들에게
이것저것 나누어주기도 했다.

요새는 버스를 타거나 무거운 기타 케이스를 둘러메고 뛸
일이 없는데도 상가에 들르면 으레 청바지 가게에 눈길이
간다. 고무줄 청바지를 입어야 되는 현실이지만 그럼에도
불구하고 청바지를 입는다. 새삼 맨발에 고무신도 신어보
고 싶다.

고단하고 험한 길을 앞서간
선배 여성 가수분들께

KBS 창사 기념 특집 방송으로 인순이, 주현미와 셋이서 무대를 꾸민 적이 있다. 제법 큰 무대였다. 방송 3주 전에 만나서 무슨 노래를 어찌 부를 것인지 회의를 하고, 둘이서 혹은 셋이서 함께 부를 노래를 정했다. 그 순간부터 나의 두려움은 시작됐다!

'생전 안 해본 노래의 가사를 잊으면 어떡하나? 전주나 간주에서 한 박자라도 어긋나면 어떡하나?' 하는 것들이 걱정거리였다. 심지어 꿈에서도 노랫말을 외우고 있었다. 자다가 깨어서도 노래 가사를 기계처럼 줄줄 읊어댈 정도가 되어야 한다는 강박에 꿈까지 꾼 듯했다.

〈여성시대〉 생방송이 끝나면 집에 가서 노래를 들으며 따라 하기를 수십여 차례! 그래도 안심이 되지 않았다. 노랫말이 뼈에 새겨질 정도로 반복, 또 반복해서 어느 소절에서 시작하더라도 바로 부를 수 있을 정도가 되어야 하는데…. 게다가 나의 소심증과 무대 공포증은 나이와 더불어 더더욱 심해져 오케스트라와 연습, 양희은 밴드와 연습, 연습 또 연습…. 늘 연습을 실전처럼 실전을 연습처럼 하자고 되뇌어도 쉽지 않다.

막이 오르고 공연이 시작되었다. 공들여 꾸민 무대라 누가 봐도 예뻤다. 한 시간여 공연하는 동안 나는 비로소 외로움을 떨쳐버릴 수 있었다. 나 같은 사람이 둘이나 더 있었기 때문이다. 인순이와 주현미의 입술 언저리가 파르르 떨리는 게 눈에 보일 지경이었다. 입이 바싹 타들어가 입술이 잇몸에 척 달라붙어 당황스러운 순간도 있었다.

식은땀이 흘러 젖은 얼굴이 조명을 받아 반짝였다. 우린 서로의 얼굴을 보며 환하게 웃었다. 사람들이 "쟤네 꽤 친한가 봐~"한다. 실로 동료애를 만끽한 무대였다. 무엇보다 우리보다 앞서간 이 땅의 여성 가수분들께 고마움을 전하고자 했던 무대였다.

워낙 남의 시선을 받아야 유지되는 직업이다 보니 때로는 손가락질을 받으면서 험한 길을 앞서간 선배 여성 가수분들. 그들이 무대 뒤에서, 일상생활에서 차별과 험한 말들을 견디며 불러온 노래들이 사람들의 외로움을 얼마나 달래주었나. 외로운 순간을 이겨내는 그 힘이 사람들 마음에 가닿아 울림을 주고받으면서 노래의 힘은 더 커져갔겠지.

나는 이 땅의 여성 가수분들을 존경한다. 패티김, 이미자, 윤복희 선생님을 비롯한 한국전쟁 이후 미8군 무대에서 일했던 숱한 여성 선배들(한명숙, 현미, 이금희, 김계자, 곽순옥 등의 대선배님들). 그 시절의 이야기를 듣고 있자면 고생길이 훤히 그려진다.

봄·여름·가을·겨울 할 것 없이 군용 트럭에 몸을 싣고 무대에 도착하면 흙먼지가 온몸을 뒤덮어서 분가루 같은 풍진이 얼굴 가득 했었단다. 무대 의상도, 물자도 넉넉지 않고 핍절했으니 드레스며, 롱드레스용 장갑이며 직접 다 만들었다고 한다. 바느질을 못 하면 가수를 할 수도 없던 시절이었다.

동료이자 후배라고 예쁨도 참 많이 받았다. 내 목소리와 노래를 좋아해주셨던 이미자 선배님, 1979년 〈TBC 세계가요제(국제 음악 교류를 취지로 동양방송이 기획한 가요제)〉에 나갈 때 의상을 고르는 데에 도움을 준 윤복희 선배님, 은퇴 공연을 마치고 함께 점심을 먹었던 날, "늘 단정하게 립스틱 바르기를 잊지 말라"던 패티김 선배님. 지금도 그분들 앞에서 노래하라면 떨려서 못 할 것 같다.

진심으로 이 땅의 선배 여성 가수분들께 존경의 마음을 전하고 싶다. 그분들이 닦아놓은 길을 우리가 편히 걸어간다.

노래의 불씨가 되살아나
가수에게 돌아오다

2021년 1월, 한계령에서 〈한계령(1985)〉을 불렀다. 비대면 공연으로 관객 대신 한계령을 앞에 두고 노래를 부르기로 한 날이었다.

1985년에 발표한 〈한계령〉은 음반사 사장이 제발 장사가 될 노래를 하라면서 엎어버린 노래다. 홍보를 아예 하지 않 겠다는 얘기였다(LP가 출시되어도 방송국 자료실에 홍보용으로 돌리지 않고 사서 들으라는 이상한 배짱과 독특한 사업 철학을 가진 사장이었다.). 사장의 말에 낙심해서 그만 노래만 아니면 세 상 모든 일이 쉬울 것 같았다.

노래로부터 도망치고 싶었고 앞으로 어떤 노래를 부르고 살 아야 할지 막막했다. 누군가의 가슴에 둥지를 틀고 있는 가 수 양희은이 어떤 의미인지 알 길은 없지만, 종종 일방적이 고도 과분한 기대가 버거워서 도망치고 싶었다. 삼십 대가 되어 부르는 노래가 이십 대의 가슴으로 부른 노래와 같을

순 없는데…. 언제나 청바지에 운동화 차림으로 바람 부는 벌판에 서서 기타를 치는 가수일 순 없는데…. 그렇게 〈한계령〉을 가슴에 묻었다.

그런데 활동을 접은 지 5년 만에 미국에서 살다가 휴가차 한국에 왔을 때 예상치 못했던 일이 펼쳐졌다. 사람들마다 내게 "〈한계령〉 좋더라~"는 말을 했다. 처음에는 한계령 풍광이 좋으니 놀러 가보라는 뜻인 줄로만 알았다. 그 정도로 〈한계령〉은 내 기억 저 밑바닥에 깔려 있었다. 노래를 부른 가수는 멀리 떠나 살고 있는데 노래 혼자 무섭게 전파를 타고 퍼져가고 있었던 것이다. 입에서 입으로 전해지면서 사람들이 노래의 불씨를 살려 가수에게 돌려주었다.

〈한계령〉이 세상에 나온 지 35년 만에 한계령에 섰다. 앞이 뻥 뚫려 있는 기막힌 풍광이 펼쳐졌다. 그곳에 부는 바람은 여태껏 내가 알던 바람이 아니었다. 혼자서 머리 스타일링을 하느라 온갖 헤어 제품으로 단단히 고정한 머리는 한계령의 거침없는 바람에 골룸처럼 되었다.

하지만 노래는 잘 흘러갔다.
가로막힐 게 없이 시원하게 뻗어나갔다.

스타일리스트로 일하는 친구가 제 마음이 헤매일 때 이 노래가 얼마나 위로가 되고 마음을 다잡아줬는지 모른다며 달려와 이것저것 살펴주었다. 한계령에서 〈한계령〉을 부르는 역사적인 순간에 내 곁을 지킬 수 있어 너무 좋았단다.

엄청난 바람을 맞으며 추위에 떨었지만 가슴이 뻥 뚫리는 공연이었다.

노래에도 운명이 있다면

노란 색깔로 예쁘게 물들었던 은행잎이 바람에 거의 다 떨어져 그루터기에 한 무더기씩 모여 있다. 얼마 전까지만 해도 회색빛 칙칙한 보도블록 위에 노란 양탄자처럼 예쁘게 깔려 있더니, 이제는 내 몸 하나가 들어갈 만한 자루에 담겨 있다.

낙엽 빛깔 중에서 노란 은행잎이 제일 예뻐 보인다. 아주 예쁜 빨간 단풍과 갈색 잡목 사이에서도 유난히 노란 은행잎이 눈에 들어온다. 그런가 하면, 집 주변에 빙 둘러 화사한 꽃을 피웠던 벚나무 잎도 황갈색으로 조화를 이뤄 아름답다.

어스름 새벽녘이나 저녁이 찾아올 때 가로수 불빛 아래 잎을 떨군 느티나무도 가녀린 잔가지를 드러내며 겨울 채비를 한다. 느티나무의 가지며 낙엽 빛깔 또한 퇴색했지만, 왠지 찬란해 보인다. 나뭇가지가 물이 빠진 검은색이어서인지 낙

엽이 더 돋보인다. 언제 어디서 보든, 느티나무는 좋다. 봄·
여름·가을·겨울, 제 계절마다 느낌이 다른 것으로 족하다.

연말 공연을 앞두고 몸과 마음이 부산한 날이었다. 하지만
잎 떨군 나뭇가지를 보고 있자니 마음이 썩 괜찮았다. 옷 벗
고 섬세한 잔가지를 드러내고 서 있는 모습이 어떤 때는 장
해 보이기도 하니까. 잎이 가득했던 청년의 날에는 볼 수 없
었던 나무의 기본 골격을 보면 잘생기고 번듯한 나무가 어
떤 것인지를 알 수 있다.

무성한 잎에 가려져 제대로 알아볼 수 없었던 때와는 다르
다. 노래도 그러하리라. 아무리 편곡으로 덧칠하고, 현란한
안무팀이 동작을 짜고, 가수의 머리끝부터 발끝까지의 패
션이 귀보다 눈을 자극시켜도 그 노래를 무반주로 불러보면
노래의 골격이 드러난다.

단단하게 잘 만든 곡은 무반주로 불러도 가슴으로 온다. 그
러나 히트시키려는 욕심으로 만들어진 노래는 반주나 안무
가 없을 때는 이상하게 삐걱대며, 부르기 민망하다. 노래에
사심이 있으면 누구를 매료시킬 수 없다. 노래도, 사람도,
나무도, 세월을 이겨낼 든든한 골격이 없으면 금세 시선을
돌리게 된다.

나는 요즘 노래의 운명이 궁금하다. 53년을 노래하다 보니 노래마다 타고난 운명이 있다는 생각이 든다. 이상하게 죽지 않고 계속 살아남는 노래가 있는가 하면, 죽을 줄 알았던 불씨가 되살아나서 몇 년 후에 사람들에게 알려지면서 드라마 배경 음악으로 선택되어 몇몇 드라마에 계속 삽입된 경우도 있었다. 그런 걸 보면 사람마다 생명줄이 다 다르듯이 노래도 타고난 운명이 있는 것 아닐까 하는 생각을 한다. 그 노래를 지은이나 처음 부른 이의 의도와는 상관없이 타고난 팔자대로 살아남으니 말이다.

몇 년이고, 몇십 년이고, 내 노래가 누군가의 고단함을 씻겨 줄 수 있다면 더 이상 바랄 게 없겠다.

노래를 하지 않는 동안
노래를 진짜 많이 했구나

어느 주말, 보고팠던 전시를 보기 위해 남편과 함께 집을 나섰다. 요즘 핫하다는 성수동으로 가서 〈나탈리 카르푸센코 사진전〉을 본 후, 한가람 미술관으로 가서 〈알버트 왓슨 사진전〉까지 감상하니 한나절이 가버렸다.

여기저기에서 봄맞이 여행 다녀온 얘기들이 만발하였다. 우리는 사진전 두 개를 다녀온 것이 고작인데 멋진 구경으로 어디 여행을 다녀온 것만 같았다. 작품의 몇십 년 세월을 서너 시간 만에 후딱 해치우니 피곤하기도 했다. 그날 둘이 스티커 사진도 찍어봤다. 기계 조작이 익숙하지 않아 신용카드를 거꾸로 넣고, 엉뚱한 버튼을 눌러 자꾸 실패해 당황했지만 결국엔 해냈다. 하하하! 홍대로 넘어가 우동도 한 그릇씩 먹고 들어왔다.

지금이야 남편과 전시도 공연도 같이 다니고, 맛집도 찾아가고, 같이 걷기도 한다지만 미국에서 신혼 생활을 시작했을 때만 해도 언감생심인 일이었다.

신혼집이 남편이 일하는 가게에서 3분 거리라 남편은 점심이고 저녁이고 끼니때마다 밥을 먹으러 들어왔다. 애오라지 한식을 먹어야 하는 사람이라 손이 많이 갔다. 오후 6시에 퇴근하면 들어와 저녁 먹고, 먹고 나면 또 간식 먹고, 그 다음 날 아침 먹고 또 돌아서면 점심, 눈 깜빡하면 저녁인 나날들이었다.

비가 왕창 내린 후 활짝 갠 어느 날, 밖을 보니 어찌나 날이 좋은지 오랜만에 마음이 술렁였다. 센트럴파크가 지척인 동네였다.

"이런 날, 꼭 6시 15분에 들어와서 밥을 먹어야겠니? 왜, 왜, 왜! 내가 공연이면 공연, 영화면 영화, 전시면 전시 다 보고 다니던 사람인데…. 같이 문화생활 하는 거랑 산책하는 것밖에 원하는 게 없는데…. 엉엉~ 내가 무슨 명품을 사달라고 했어, 뭐랬어…. 엉엉~"

결혼 후 처음으로 두 다리 뻗고 목 놓아 울었다. 남편은 하루 종일 미국인들에게 시달려 퇴근하고 집에 들어오면 한 발짝도 나가기 싫었단다. 그 입장도 모르는 건 아니지만 그 날은 설움이 터졌다. 그렇게 수년을 답답하게 전업주부로 살다 보니 문득 노래가 하고 싶어졌다.

당시 오스트리아에서 유학 중이었던 이병우를 뉴욕으로 불렀다. 여름방학 내내 밥해 먹이고 기타 하나에 같이 노래하고 가사 쓰고, 그렇게 연습해서 딱 하루 만에 앨범 취입을 끝냈다. 그렇게 만든 앨범이 〈사랑, 그 쓸쓸함에 대하여〉가 담긴, 〈아침 이슬〉 데뷔 20주년 기념 앨범 《1991, 양희은》이다.

앨범 발표를 앞두고 있던 어느 날, 친한 언니 한 분이 우리 집에 놀러 왔다. 예술적 식견이 뛰어났던 언니에게 새로 만든 앨범을 들려주었다.

"너, 그동안 노래를 진~짜 많이 했구나."
"언니, 나 노래 뺑긋도 안 하고 지냈는데?"
"그게 노래지 뭐니. 네가 부엌에서 지내고, 강아지하고 산책하고, 그런 하루하루가 노래지."

그때는 그 말을 바로 알아듣지 못했다. 시간이 지나 돌아보니 노래를 하지 않았던 시절에 가슴속에 노래가 더 많았다. 입 밖으로 소리를 내야만 노래가 아니었다. 수술을 받아본 의사가 환자의 마음을 더 깊이 헤아리듯이, 무대에 설 수 없는 입장이 되어본 가수야말로 무대를 가슴으로 품는다.

별 볼일 없이 강아지 돌보고 밥해 먹고 집안일을 한 하루하루도 다 노래가 될 수 있겠다. 나는 왜 큰 명제만이 노래가 될 수 있다고 생각했을까. 사는 것이 노래인데.

"누부야~" 하고 부르는
정겨운 소리

매일 라디오 생방송을 하면서 살다 보니 운신이 자유롭지만
은 않다. 특히 봄에는 갇혀 있는 느낌이 든다. 나도 남들처
럼 실컷 꽃구경도 하고, 남이 차려주는 제철 음식도 실컷 먹
어봤으면…. 꿈만 꿀 뿐, 출근길에 매연을 내뿜으며 내달리
는 중에 찻길에 핀 개나리와 진달래를 보는 것이 다다.

가까운 후배가 화전을 지져 먹자고 해서 날을 잡아놓았지만
그마저도 지방에서 아침 생방송을 해야 하는 일정이 생겨서
취소하고 말았다. 늘어지게 꽃구경 한번 제대로 못 한다 싶
어 울적하던 차에 부산에 다녀올 기회가 있었다. 물론 공연
이 있어서였다.

빛나는 조명이 있는 무대가 아니라 부담 없이 즐기는 라이브
카페였다. 다들 조금은 긴장된 듯 보였다. 술에 취해 자신도
모르게 실례를 하면 어쩌나 걱정하는 눈치랄까. 1971년 봄,
내가 처음으로 섰던 무대도 오비스 캐빈이라는 생맥줏집의

무대였다. 비록 정식 공연장은 아니었지만 무대 음향과 조명 설비가 압권이어서 시민회관(현 세종문화회관)에 해외 가수가 오면 오비스 캐빈의 엔지니어를 모셔 갈 정도로 명성 높은 곳이었다. 통기타 가수에게는 어디에도 비할 수 없는 최고의 무대였다. 사람 몸집보다 큰 스피커가 여러 대, 키 높은 스툴 의자가 두 개, 그리고 마이크가 네 개. 장비는 많지 않아도 사운드가 훌륭했고, 또 음식 맛도 좋아 외국인 손님들도 북적이는 그런 곳이었다. 신사복 차림에 '007 가방'을 들어야만 멋쟁이 소리를 듣던 그 시절, 나는 그곳에서 이십 대를 보냈다. 디스코 붐에 밀려 통기타 살롱이 사양길로 내리닫을 때까지….

남들은 마음먹고 놀러 나오는 명동에 나는 매일 일하러 갔다. 객석은 점잖고 조용했으며, 신청곡 쪽지가 쌓이면 가능한 만큼 신청곡을 불렀다. 박수 인심도 좋았다. 엄청난 박수라기보다는 점잖은 박수였다.

그날 부산의 공연장에 일찍 도착해서인지 객석은 텅 비어 있었다. 다 안 차면 민망해서 어쩌나…. 걱정 속에 시간이 다 되어 무대에 오르니 세상에! 객석이 가득 차 있었다. 부부 단위로, 남자들끼리, 여자들끼리, 환호가 대단했다. 누군가 "누부야(누나야)!" 하고 소리를 지른다. 정겹다. 노래마다 신나게 따라 부른다. 약속된 시간을 넘겨 땀에 흠뻑 젖어 내려왔다. 밤 11시가 넘어서야 숙소 맞은편 기사 식당에서 늦은 저녁 식사를 했다. 그리고 다음 날 하루 날 잡아 부산을 만끽했다.

이른 아침이라 한산한 남포동, 광복동 거리를 잠시 걷는 것도 즐거웠고, 회비빔국수와 어묵으로 유명한 할매집에서 배불리 먹고 지하상가를 건너 자갈치시장으로 가니, 갈매기 울음소리가 들려오는 저 너머 바다 빛깔이 그야말로 봄빛이었다.

바다 냄새, 펄떡이는 생선들, 꼼장어를 잡는 예술의 경지에 이른 회칼 솜씨…. 그것 역시 봄 구경이었다. 꽃구경 부럽지 않은 봄나들이였다.

노랫말이 안 써져서
치매 검사를 받다

요즘 시도 때도 없이 한밤중에 잠에서 깬다. 새벽 두세 시경에 화장실을 다녀오면 눈이 반짝 떠져서 다시 잠들지 못하는 날도 더러 있다. 아침을 먹으면서 남편에게 "12시 38분에 한 번 깨고, 2시 10분에, 3시 27분에… 이렇게 깨는 게 말이 돼?" 이런 식으로 눈이 떠진 시간을 얘기하면 묵묵부답. 식탁에 차려진 음식만 먹고 있다. 내가 그런 식으로 개잠 또는 토막잠을 자는 걸 얘기해도 남편이 아무 말이 없는 건 어떻게든 또 이어 자는 걸 알기 때문이다. 보통 때는 숫자 기억에 자신이 없는데, 깨어난 시간은 38분, 10분, 27분… 놀라울 정도로 선명하게 기억하니 우습기도 하다.

그렇게 한밤중에 눈이 떠져 텔레비전을 보다가 새벽 5시 언저리가 되면 스르륵 잠이 오는데 그때부터는 아침 라디오 출근 걱정에 또 잠과 싸운다. 내 친구는 노인성 우울감으로 힘들어하는 남편을 살피느라 잠을 설치고 있다. 잠이 부족한 탓에 낮에 몽롱해서 산책하기가 힘들고, 덜 움직이니까 컨디션은 부쩍 떨어지고, 기분마저 울적해지는 중이란다. 그 친구와 매일 같이 걷던 이웃사촌도 덩달아 산책량이 줄어 여러 사람이 영향을 받아 가라앉고 있었다.

'새 노랫말을 써야지' 하고 끙끙거리며 일어나 앉아 있은 지도 오래되었다. 왜 이렇게 노랫말이 죽어라고 안 나오는 걸까? 머리가 하얘져서 그만 안갯속을 헤매는 것만 같다. 누에고치에서 실 잣듯, 거미가 집 짓듯 좋은 노랫말이 술술 나오길 기다리지만 어딘가 꽉 막혀 솟아나지 않는다.

3년 전부터 가까운 친구와 깜빡 잊는 증세가 심해졌다며 서로 건망증 자랑을 하다가 벼르고 별렀던 치매 검사를 같이 받았다. 하루 입원해 1박을 하면서 수면 검사도 함께 받았는데, 낯설고 이상한 기분이 들었지만 친구가 곁에 있어 서로 낄낄대면서 즐겁게 해치웠다.

치매 검사 결과는 정상. 그러나 수면 검사 결과는 무호흡증으로, 뇌로 가는 산소 부족 때문에 양압기를 써야 한다는 진단이 내려졌다. 꼭 필요한 검사를 하니 개운하기도 했다. 마음은 아직 스물일곱인데 어느새 엄마 뒤를 따르는구나 하는 생각이 든다. 무릎이 아프니까 행동이 굼뜨고 기억력도 흐려져 속으로 챙겨야 할 물건들을 되뇌며 복창한다. 그런데도 안경, 휴대폰, 신용카드 중 한 가지는 꼭 빠뜨린다. 한 번에 깔끔하게 집을 나서는 법이 없다. 문 닫고 나왔다가 다시 들어가기를 두어 번 한다. 점점 몸과 마음이 더뎌짐을 실감하지만 순리대로 시드는 것이니 어쩌겠는가.

다행인 것은 치매 예방에 좋은 몇 가지 활동을 내가 직업으로 삼고 있다는 점이다.

· 큰소리로 책 읽기(〈여성시대〉 편지 배달)
· 사람들과 이야기 나누기
· 좋아하는 일을 즐겁게 하기
· 노래하기(가수로서의 활동)

그렇게 생각하니 늘 내 앞에 마이크가 놓여 있다는 것, 일터가 있다는 것, 노래를 불러달라고 불러주는 이들이 있다는 것이 행운임을 새삼 되새긴다.

좋은 노랫말을 써야 한다는 숙제도 시원하게 해치울 날이 오겠지.

목을 살살 풀면서
달래고 아껴가며

17년 만에 대학로 소극장 무대에 섰다. 소극장 무대에 오르니 마치 어린 날 살던 동네를 다시 찾은 듯했다. 공연 둘째 날부터 차차 관객 수가 늘더니 사흘째, 나흘째가 되자 매진 사례가 이어졌다. 오랜만에 느껴보는 뿌듯함이었다.

누군들 자기 일을 열심히 안 하겠는가! 최선을 다해 열심으로 임하는 것, 그건 말할 필요도 없는 얘기다. 하지만 공연은 이상하게 노력과 상관없이 변수들이 생긴다. 될 듯한데 시원하게 안 터지고, 신통찮은데 빵빵 터진다. 사람의 노력과 별개로 운도 중요하다는 생각이다.

그즈음 걸린 감기는 여태껏 겪어본 감기 중 최악이었다. 목이 간질간질할 때 이비인후과를 찾아갔기에 망정이지 일생일대 큰 사단이 날 뻔했다. 나와 같이 '그르렁', '쎄르륵' 하는 천식 기침 소리가 병원 곳곳에서 들렸다. 5월 초·중순, 꽃가루가 날릴 때 알레르기성 천식 환자가 감기까지 걸리면

낫기도 힘들고, 골치도 아프단다.

서른 살 때 암 수술을 한 뒤로 지독한 알레르기 증상에 매일 매일 견디기 힘들 정도였다. 눈물, 콧물, 재채기 삼중주를 눈떠서 잠들 때까지 종일 해대는데, 진이 다 빠져서 사는 게 사는 게 아니었다. 그때, 연 1회 맞는 항알레르기 주사에 대한 애기를 듣고 초등학교 동창인 의사더러 "내가 네 식구라면 이 방법을 권하겠니?" 했더니 고개를 젓기에 그냥 견디며 지내오고 있다.

그렇게 지내온 지 십수 년 만에 성대에 혹이 생겨 목소리마저 나오지 않게 되어 수술을 하기로 결정했다. 수술 전 검사를 하면서 내게 알레르기성 천식이 있다는 걸 알게 되었다. 성대 수술을 하려면 전신마취를 해야 하는데 마취 중 기도가 부어오르면 위험해질 수 있기 때문에 수술이 불가하다는 판정이 내려졌다. 그때부터 온갖 좋다는 것을 찾아서 목 관리를 하기 시작했다.

목을 살살 풀어 달래고 아껴가며 발성 연습을 하면서 이겨냈다. 의사는 혹의 크기나 위치 등을 봤을 때 앞으로 노래하기 힘들지도 모르겠다고 했지만, 그 후로도 수백 번의 큰 공연을 치러냈다. 다행히 그날의 대학로 소극장 공연도 딱 한 번 무대에서 기침한 것 빼고 별다른 사고 없이 마쳤다.

공연을 마친 다음 날의 기분은 경험해보지 않은 이들은 모를 것이다. 어떤 이들은 텅 빈 허전함을 느낀다는데, 나는 늘 개운할 따름이다.

감기약 기운으로 휘지긴 했지만, 좋아하는 가게에 가서 실컷 구경도 하고 나를 위한 작은 선물들을 샀다. 작은 쟁반 하나, 구운 생선을 담기 좋게 생긴 생선 모양 접시, 호두나무를 깎아 만든 티스푼 두 개, 그리고 맛난 과일도 몇 개 사서 집으로 돌아왔다.

무대가 돌아왔다

2022년 9월, 코로나19로 무대가 사라진 지 3년 만에 큰 공연을 두 번 했다. 오랜만에 공연을 앞두고 큰 거울 앞에 섰다가 거울에 비친 내 모습에 깜짝 놀랐다.

"이럴 줄은 몰랐어, 야~ 내가 봐도 서글프다. 구부정한 어깨며 올곧았던 다리도 어느새 휘고 여러 가지로 참 추레하구나."

남편을 보고 말하니, "괜찮아, 괜찮아. 노래할 때는 아직도 짱짱해. 걱정하지 마" 위로한다. 인정사정없이 칼 같은 모니터링을 하는 사람이 웬일인지 너그럽다.

공연을 하지 않으니 그냥 시든 꽃 같은 기분이었다. 몸과 마음은 편하지만 한편으로는 쓸쓸하고 침잠된 상태. 그 시간을 지나 맞이한 첫 공연은 장충체육관에서 열린 성시경 콘서트 〈성시경 with friends 자, 오늘은〉이었다. 자신의 유튜브 채널에서 선후배 가수들과 컬래버레이션해 비대면으로 불렀던 노래들을 무대에서 같이 부르는 자리였다. 나 외에도 여덟 명의 가수가 함께한 특별한 자리였다.

객석이 커서 무대 앞에 서니 까마득했다. 공연 중에 관객들이 휴대폰 플래시를 켜 흔들어주었다. 마치 반딧불이가 만든 미리내 같았다. 불빛이 일렁이는 대로 내 마음도 춤을 추었다. 함께한 가수들의 설렘도 읽을 수 있었다.

이틀간의 공연에서 제일 좋았던 건 지하 식당의 식사였다. 파랑 조끼를 입은 100여 명의 스태프도 함께 앉아 따뜻한 밥과 국, 반찬에 후식으로 과일까지 먹었다. 찬 도시락에 비하면 얼마나 진수성찬인지! 가수들은 죄다 입을 모아 이런 분위기가 그리웠다고 말을 했다.

두 번째 공연은 파주 평화누리공원에서 있었던 〈포크 페스티벌〉이었다. 만 3년 만에 연주팀과 얼굴을 마주 보며 연습을 했다. 늘 공연 때마다 묵묵히 뒤에서 노래를 빛나게 해주는 친구들. 그렇게 시간이 흘렀다는 게 기가 막힌다. 여섯 명 중 세 명은 머리가 하얗게 셌다. 얼굴이 동안인 편이라 그나마 다행이다.

그간 많은 변화가 있었던 눈치다. 한 명은 즐겨 쓰던 따개비

모자(중절모 같은)를 쓰지 않았기에 뭐가 달라졌나 살피니 모발 이식을 했단다. 인물이 확 달라 보였다. 두 명은 임플란트 시술을 하고 이제 마무리 단계란다. 한 친구는 연주할 기회가 너무 없어서 기초생활수급자가 되었단다. 대학에서 강의를 하는 친구들은 비대면 강의에 적응하느라 머리가 다 셌다고 난리다.

오랜만에 무대에 서니 무대 공포의 악몽이 되살아나는 듯해 걱정스러웠다. 심장이 나대기 시작하면 두려움을 가라앉히느라 애쓰다가 노래가 흔들리기도 한다. 공연 직전까지 고요하게 마음을 진정시키느라 혼났다. 다행히 리허설 때 아쉬웠던 음향도 공연 때는 쭉쭉 뻗어나가 잘 마칠 수 있었다.

집에 와서 클렌징 크림으로 화장을 지우고 두세 번 세수로 말끔히 마무리하고, 머리 감고, 제일 낡고 편안한 옷으로 갈아입은 후 냉장고로 향했다. 처음 있는 일이다! 공연 마치면 허전하다는 가수들도 많던데 나는 그 마음을 전혀 모르고 지냈다.

'뭐가 허전하단 얘기지?!' 기운이 다 빠져서 집에도 겨우겨우 오는데…. 쫑파티 한다고 새벽까지 먹고 마시는 걸 전혀 이해 못 했는데, 집에 와서 야식을 찾다니 정말 별일이었다.

내 맘에 쏙 드는 음식이 없어서 밥 한 그릇에 참기름 한 번
슥 두르고 생된장으로 비볐다. 오이소박이까지 놓고 맛나
게 먹고 나니 헛헛함이 가셨다. 이럴 바엔 아예 소가 되자
싶어 바로 누웠는데 잠이 오지 않는다. 온갖 애를 쓰며 공연
을 하고 왔더니 상기되어 이미 잠은 달아난 눈치다. 새벽이
되어서야 겨우 눈을 붙였다.

무대가 돌아왔다. 다시 살아난 기분이 든다.

날 좀 가르쳐줘라

앞으로 몇 년이 더 지나고 나서 내가 걸어온 길을 뒤돌아본다면, 2014년은 어떤 방점을 찍은 한 해가 될 듯싶다. 요즘 친구들 방식으로 디지털 싱글 작업을 하기 시작한 해이기 때문이다.

나는 원체 콘셉트니, 기획이니 하는 계산을 하면서 앨범을 만든 적이 없다. 기자들이 "이번 앨범의 콘셉트는 뭐죠?"라고 물으면 뭐라 답을 해야 하나 싶기도 하다. 노래는 결국 마음을 전달하는 이야기 아닌가. 내 마음에 들어오는 이야기를 노래할 뿐이다. 노래에 대한 나의 태도는 그때부터 지금까지 쭉 변함이 없다. 또 하나, 그 밥에 그 나물 같은 노래는 싫다. 70년대 노래를 되풀이하며 추억을 파먹는 것도 너무 싫다! 그래서 일련의 새로운 시도를 하였는데, 그게 《뜻밖의 만남》 프로젝트다. 젊은이들과 소통하기 위해 요즘 방식에 다가가기로 한 것이다.

2014년, 윤종신과 〈배낭여행〉을 시작으로 해서 2019년 성시경과 〈늘 그대〉까지 아홉 번의 프로젝트를 마쳤다. 어느 하나 비슷한 것 없는 다양한 영역의 고수들과의 협업이었다. 가장 어린 후배가 악뮤(AKMU)였다. 같이 좋은 음악을 하고 싶다는데 나이가 무슨 상관이람! 작업에 들어가기 전에 후배들에게 "날 좀 가르쳐줘라! 네가 프로듀서니까 네가 원하는 방향으로 훈수를 둬다오!" 하고 양희은에게 맞출 생각 말고 나를 끌어달라고, 마구마구 야단치고 여러 번 연습시키고 닦달해달라고 부탁했다.

2014년   뜻밖의 만남 #1   〈배낭여행〉 with 윤종신

자신이 만든 노래가 제 맘에 꼭 든다면서 맨날 차에서 듣고 다닌단다. 아티스트는 자고로 어느 정도의 자아도취가 필요하다.

2014년   뜻밖의 만남 #2   〈꽃병〉 with 이적

이적의 엄마 세대, 윗세대 감성을 건드리는 곡이다. 내겐 마치 홍콩 영화처럼 처연한 감성으로 다가왔다.

2015년   뜻밖의 만남 #3   〈산책〉 with 이상순

나의 음역대를 완전히 깨부수는 곡이라고 해도 될 만큼 낮은 음역대의 곡이었다. 힘을 빼는 게 쉽지 않았다. 내가 그동안 힘주고 살아왔구나 싶었다.

2015년 **뜻밖의 만남 #4** 〈엄마가 딸에게(feat. Tymee, 김규리)〉 with 김창기

신경정신과 의사 김창기가 엄마의 이야기로 1절을 마쳤기에, 2절에 딸의 이야기를 붙이자고 제안하고 내가 가사를 썼다. 딸의 입장도 들어봐야 공평하지!

2015년 **뜻밖의 만남 #5** 〈슬픔 이제 안녕〉 with Astro Bits

내 노래 중 사랑 이야기는 손에 꼽힌다. 그런 내가 육십이 넘어서 '뜻밖'에 사랑 노래를 쓰다니. 데모를 듣는데 '슬픔 이젠 안녕'이란 가사가 입에서 나왔다. 그 구절이 떠오르자 가사가 절로 풀렸다.

2016년 **뜻밖의 만남 #6** 〈4월〉 with 강승원

'4월' 하면 저마다 떠오르는 슬픔과 상실에 관한 이야기가 많지 않을까. 특히 우리의 4월은.

2016년 **뜻밖의 만남 #7** 〈요즘 어때? 위 러뷰 쏘〉 with 김반장과 윈디시티

프로젝트 중 유일하게 빠른 템포의 노래다. 스튜디오에서 녹음하는 내내 이 친구들이 밖에서 몸을 흔들어대는데, 그 덕에 나도 힘이 났다.

2017년 **뜻밖의 만남 #8** 〈나무〉 with AKMU

왠지 느낌이 통할 것 같은, 케미가 맞을 것 같은 그런 사람이 있지 않나? 함께한 뮤지션들 중 가장 어린 친구들이지만

악뮤는 내겐 그런 팀이었다. 오디션 프로그램을 보고 그의 노래가 좋아서 내가 먼저 연락했다. 찬혁이가 할아버지를 생각하면서 쓴 노래를 할머니인 내가 불렀으니 얼추 감성이 맞지 않았을까.

악뮤와는 〈엄마가 딸에게〉를 방송에서 같이 부른 적도 있다. 어느 날 길에서 젊은 외국인 친구들이 나를 보며 달려와 "어? 어? 어!!" 하며 아는 체를 하기에 나를 어떻게 아느냐고 묻자 악뮤와 그 노래를 부른 유튜브 영상을 보여줘 깜짝 놀란 일도 있다. 글씨가 작아 460명이 본 줄 알았는데 조회수가 4,600만(2023년 5월 기준)이 넘었다더라.

2019년　　뜻밖의 만남 #9　　〈늘 그대〉 with 성시경

후배들에게 실컷 나를 가르치라 해도 말을 잘 못하고 끙끙대던 이도 있었지만, 시경이는 "다시~", "다시요", "선생님, 좋아요. 그래도 한 번 더~", "거 있잖아요, 연애 감정! 그때로 돌아간 것처럼 연기하면서 불러보세요" 하며 좋은 게 나올 때까지 다시 부르게끔 했다. 우리의 목표는 좋은 음악을 만드는 거니까, 나도 좋았다.

사람의 귀는 언제나 묵은 소리를 좋아하고 사람의 눈은 그 반대로 새것에 번쩍 뜨인다고 한다. 언제나 오래된 것을 좋아하는 귀의 속성 때문에 흘러간 노래들이 반가운 법이지만

내 식대로, 내 세월의 것을 주장한다면 《뜻밖의 만남》은 의미가 없다. 후배들의 프로듀싱으로 내가 가진 어떤 '쪼'를 떨쳤다는 게 기쁘다.

시스터후드를 노래하다

올해, 새 음원을 발표하기 위해 준비 중이다. 2021년 제18회 한국대중음악상에서 '올해의 음반', '최우수 포크 음반', '최우수 포크 노래'를 수상한 싱어송라이터 정밀아의 〈언니〉를 리메이크한 곡이다.

노래를 듣기도 전부터 좋았다. '언니'라는 제목이라니! 어린 날, 날 잡아준 언니들이 많았다. 당시 가깝게 지낸 언니들은 대부분 언론 계통 출신으로, 나보다 여덟 살, 열두 살 위였다. 지금은 여든이 넘으셨지만 한때는 막강했던 언니들이었다.

내가 이십 대와 삼십 대를 지날 때 삼사십 대였던 언니들은 그 길목에서 긴밀하게 날 잡아줬다. 인생의 굽이굽이마다 툭툭 건드려줬다고 해야 할까. 손을 잡아주는 게 아니라 톡 건드려주는 것 같은. 그 정도면 족했다. 언니가 없는 나로서는 '언니'라고 부를 수 있는 것 자체가 좋기도 했다.

어떤 날엔가, 언니들에게 얼른 서른이 되고 싶다고 말했다.

"왜? 서른이 되면 뭐가 좋을 거 같아?"
"서른이 되면 왠지 두 발로 땅을 딱 딛고 단단하게 서 있을
거 같아요, 흔들리지 않을 것 같아."
"야! 우리를 봐. 뭐가 안 흔들리느냐. 계속 흔들려~"

언니들이 웃으면서 해준 말을 당시에는 이해하지 못했지만
가슴에 담고 살았다. 그러다 내가 언니들이 그 말을 했던 나
이가 되었을 때 '아, 이 얘기였구나' 했다.

언니들을 떠올리면서 정밀아의 〈언니〉를 들었다. 좋더라.
노래를 처음 들었을 때는 세상에 나온 지 얼마 되지 않았다
는 걸 몰랐다. 그래서 2년 동안 마음속에 묵혀놓았다가 올
해 초, 다시 정밀아 씨에게 물었다.

"그 노래를 내가 불러도 될까요?"

좋다는 답을 줘서 원곡에 누가 되지 않게끔 만들기 위해 준
비하고 있다. 나는 여성들끼리 서로 끌어주고 돌봐주는 시
스터후드의 힘을 믿는다. 살면서 그 힘에 기대기도 하고 또
나름대로 나누려고 애쓰며 살았다.

'여성이 여성의 적'이라고? 그렇지 않다.

제주에서 들은
가장 아름다운 음악

기자 출신이자 '사단 법인 제주올레' 이사장으로 활동하는 서명숙과 제주올레길 1코스를 사전 탐사했다. (서명숙은 2007년 제주도로 내려가 제주올레길을 열기 시작했다.) 내 인생 처음으로 말로만 듣던 오름에 올랐다. 서귀포에 위치한 시흥 초등학교 운동장을 가로지르고, 돌담 두른 밭길을 지나 말 똥, 소똥을 피해 가며 나지막한 말미오름 정상에 올랐을 때, 내 눈 앞에 펼쳐진 그 아름답고 시원한 경치를 잊을 수가 없다. 우도를 담은 푸른 바다와 세상 어디에서도 볼 수 없는 돌담 모자이크를 두른 제주의 들판은 탄성이 절로 나올 만큼 아름다웠다.

그리고 무엇보다도 바람! 사방에서 불어오는 바람이 내 온 몸을 휘감았다. 늘 꽉 막힌 방음벽 스튜디오 안에서 일하는 내 가슴을 제주의 바람이 뚫고 지나가는 듯했다.

내가 제주에 처음 가본 건 1974년이다. 아버지 쪽 친척분의 초대로 제주에서 며칠간 그림 같은 휴가를 보냈다. 그때 동생들과도 함께 오고 싶은 내 마음을 읽으셨는지, 그다음 해에는 우리 형제들 몫까지 항공과 숙박료를 다 대주셔서 동생들과 함께할 수 있었다.

우리는 일반 버스를 타고 제주도를 한 바퀴 돌았는데, 바닷가에 사람보다 새가 더 많아서 무서웠던 기억이 난다. 당시에는 제주에 초가집이 천지였다. 바람에 날아갈세라 지붕 끝에 돌을 주렁주렁 매단 나지막한 초가집들과 돌담, 푸른 바다가 끝없이 반복되며 펼쳐졌다. 그 풍광은 나를 사로잡았고 그때 나는 나이 들면 여기 내려와 살겠다고 결심했다.

그로부터 50여 년이 지났지만 지금도 그 마음은 변함이 없다. 내가 제일 좋아하는 제주올레길은 대평리를 지나는 8코스이다. 당시 걷는 행사에 남편과 함께 참가했는데 새 운동화 때문에 발이 아파서 종착지인 대평마을에 가장 늦게 도착했다. (오래 걸을 때 새 운동화를 신는 건 금물이다!)

비가 오던 그날, 마을 주민들이 꼴찌에게도 보말수제비를 먹이겠다고 빗속에서 나를 기다리고 있었다. 아, 그때 먹은 따뜻하고 고소한 보말수제비의 맛을 잊지 못한다. 보말 맛에 반한 나는 당시 진행하던 프로그램인 〈시골밥상〉에 추천을 해 다시 대평리를 찾았다. 시골 할머니들에게 보말미역국 끓이는 법을 배우는데, 바늘로 껍질 속 보말을 하나하나 빼내느라 시간도 많이 들고 일도 많아 아주 혼이 났다. 당시에는 관광객이 많이 찾지 않던 제주의 작은 마을, 그곳에서 소박한 제주의 맛을 만나면서 제주 사랑은 더욱더 깊어졌다.

누군가 제주올레길을 걸으면서 흥얼거리는 노래가 있느냐고 물은 적이 있다. 가수가 된 후 콧노래를 흥얼거리는 일이 거의 없지만, 올레길을 걸으면 〈들길 따라서(1987)〉, 〈걸어요(2006)〉, 〈참 좋다(2014)〉, 〈김치 깍두기(2014)〉 같은 노래들이 생각나곤 한다.

그러나 뭐니 뭐니 해도 제주올레길에서 가장 좋은 음악은 바람 소리다.

어디에서 불어와 어디로 가는지 모르는 바람,
답답한 가슴을 씻어주는 바람,
더운 땀을 식혀주는 바람,
산들산들 간질이는 바람,
때로는 정신이 번쩍 들게 뺨을 후려치는 바람.

올레길 표지판을 따라 길을 걷다 떠나온 곳으로 돌아가는 사람들. 제각기 다른 사연을 품고 온 사람들의 삶에 올레길은 흔적을 남긴다. 그 길을 걷고 나면 내 안에 뭔가가 변해 있음을 느낀다. 나에게 제주올레는 '바람'이다.

나의 노래는 바람이다

노래를 만들고 부를 때마다 나는 바람을 떠올린다.
어디에서 생겨났는지 모를 바람이 엄청난 회오리바람이 되
고 모든 걸 휩쓸어버리는 막강한 토네이도가 된다.
바람의 일을 누가 알 수 있을까.

바람!
시작도 끝도 없는 바람.
바람의 시작을 아는 사람이 있을까?
바람의 곳간을 누가 알까?
어디로 가는지도 알 수 없다.
인생도 바람 같은 것.

바람은 볼 수도 없다.
나뭇잎이 흔들리고 머리칼이 나부끼면 바람이 지났구나
알밖에.

우리 역시 바람이다.
시작도 없고 끝도 없이 스치듯 지나가는 삶일 뿐!

누가 바람을 잡을 수 있으랴.
두 주먹을 펴보아도 빈 손바닥 가득 잔주름 많은 손금만 보인다.

바람처럼 스치면서 지나자.
한 번 불어가는 바람이 되어 머물지도, 되돌아가지도 말자.

어린 시절 노래로 품을 팔기 전, 우리 집 앞 느티나무에 기대어 노래하면 아무도 듣지 않는 노래를 나무는 다 들어주었다.

나무 사이로 바람이 지날 때, 나뭇잎이 사사사— 흔들리면 그게 꼭 나를 토닥거려 주고 박수 쳐주는 것 같았다.

내 등을 토닥여준 바람처럼 누군가에게 나의 노래가 그런 응원이 되길 바라며 나는 노래에 바람을 담는다.

1953년 8월 나의 첫돌 사진.
1960년 엄마와 나.

이십 대의 엄마는 이렇게 고왔구나.
지금은 94세가 된 우리 엄마.
엄마가 있어서 내게는 늘 돌아갈 곳이 있었다.

1957년 가회동 집 안마당에서
강아지를 안고 있는 희경과 나.

사람이 개집에 얹혀살 듯 우리 집에는
내가 어려서부터 강아지들이 참 많았다.

1968년 고교 시절.

내가 노래를 시작하면 교실은 쥐 죽은 듯 조용해졌고,
다른 반 친구들조차 일단 모든 걸 멈춘 채
내 노래를 들었다. 동급생들로부터 가수가 받는
박수 못지않게 엄청난 박수와 지지를 받았었다.

1971년, 〈아침 이슬〉로 데뷔한 직후.
긴 생머리인 내 뒤에 앉은 이가 김민기 선배다.

구겨지고 찢어진 악보에 적혀 있던 〈아침 이슬〉은
꿈에라도 가수가 되겠다는 생각이 없었던 나를
가수로 만들었고, 53년이 넘도록
나의 대명사처럼 따라다니고 있다.

1972년, 긴 머리를 자른 후
집에서 기타 연습 중인 나.
당시 라디오 디제이로도
바쁘게 활동했다.

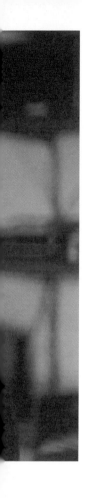

1974년 공연을 마치고
공연료로 곰 인형을 대신 받았다.
그런 날도 있었다.

바람처럼,
시간이 잘도 흘렀다.

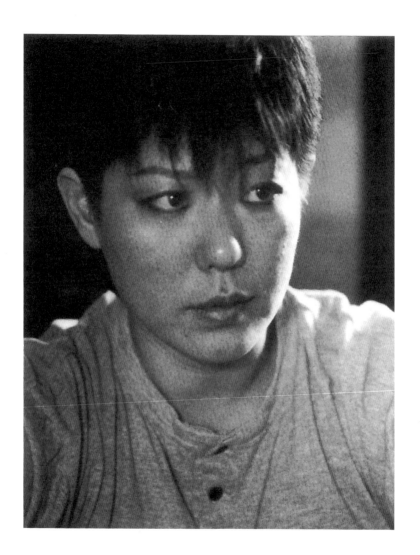

내가 좋아하는 사진이다.
이 사진이 내 영정 사진이면 좋겠다.

1978년, 7년 만에 늦깎이로 대학 졸업 후 찍은 사진이다.
나의 이십 대는 내내 기타와 라디오와 함께였네.

무대가 있는 한

나는 '늘 그 자리에 있는 사람' 양희은이고 싶다.

3장

네가 있어
참 좋다

열두 살의 희은이를 만난 날

모처럼 잠을 설쳤다. 엊저녁 47년 만에 초등학교 동창들을
만나고 온 뒤끝이 생각 나무를 밤새 키우고 있다.

공연이 있어 김해에 내려가 있던 어느 날, 초등학교 동창회장
의 전화를 받았다. "혹 네가 나를 모를지도 모르지만…" 하
면서 조심스레 꺼낸 이름을 듣자마자 나는 대뜸 어릴 적 그
친구네 목욕탕 이름을 댔다. 한번 봤으면 하기에 기꺼이 응
했다. 어릴 때 친구를 만나면 어떨까 하는 궁금함도 있었다.

모임이 있던 날, 우리가 다녔던 재동초등학교 근처를 한 시
간이나 일찍 가서 주변 가게를 기웃거리다가 시간 맞춰 약
속 장소에 갔다. 열다섯 명 중 여자는 나 하나였지만 다행히
대학 동기가 있어서 어색함은 없었다.

개교 100년이 넘는 재동초등학교에는 보통 가회동·계동·
원서동·소격동·화동에 사는 아이들이 다녔는데, 붙박이

가 많은 동네라 1학년부터 6학년까지 내내 얼굴을 본 사이가 많았다. 세상에! 우리 아버지 퇴근길에 그 지프차 뒤에 매달려 매일 장난치던 일을 얘기하는 친구도 있고, 우리 어머니의 삼십 대를 기억하는 친구도 있었다. 한 친구는 궁금한 게 있다면서 "어렸을 때 너, 남자애들 앞에서도 주눅 들거나 기죽는 법이 없었는데 생각 나냐?" 했다. 나도 모르는 내 어린 날 이야기를 어떻게 그렇게 말갛게 기억하고 있는 걸까? 희한도 했다.

내게 물어오는 얘기의 태반은 자기가 좋아했던 여자애들의 안부였다. 무얼 하고 사는지, 어디 사는지 같은 질문이 꼬리에 꼬리를 문다. 그러더니 자연스럽게 자기소개로 이어져 자신들이 지금 무엇을 하는지, 어디 사는지, 가족관계는 어떻게 되는지 등의 이야기를 풀어놓는다.

그런데 나만 시간을 끌며 쓸데없는 얘기를 하고 있는 게 아닌가. 세상에! 라디오 진행자인 주제에 흐름에서 벗어난 수다를 그렇게 오래 떨 줄이야. 횡설수설하는 게 흔한 일이 아닌데, 무슨 실수인가 싶었다. 아니다, 괜찮다. 어릴 적 동무들이니까.

길 지나다 만나면 못 알아볼 정도로 세월이 지났지만, 각자의 마음엔 일곱 살 때부터 열세 살까지 모습들이 남아 있어서 저마다의 가슴에서 어린아이들이 튀어나왔다. 별난 경험이었다. 삭막한 가슴에 바람이 일렁였다. 주차장으로 나와서 사진도 찍었다. 한 친구가 "얘가 너 좋아했던 거 알아? 손이나 한번 잡아줘라"한다. 장난스럽게 친구의 손을 "옛다!"하며 잡아주었다. 어린 날, 아버지끼리도 잘 알고 지냈던 친구다.

북촌을 걸으면, 심장이 엄마 품에 안긴 아기처럼 평온하게 뛰는 걸 느낀다. 이상하리만치 고요한 이 심정은 무얼까. 한참을 생각해보았다. 내가 태어나 자랐고, 열일곱 살 무렵 그 정든 가회동 언덕을 떠나야 했던 날의 아릿한 아픔과 슬픔보다 안락함과 그리움이 커서일까. 그곳에서 47년 만에 어릴 적 동무를 만나고 돌아와서 그렇게 밤새 뒤척일 줄은 난 정말 몰랐다.

나의 목욕탕 친구들

여의도에서 라디오 방송을 할 때는 아예 일찍 나와 동네 목욕탕에서 짧은 목욕을 하는 것이 나의 필수 코스였다. 이른 아침 목욕을 해야 하루가 가볍고 상큼하게 시작되는 느낌이라 빼놓을 수 없는 나의 일과였다. 그러다 보니 매일같이 목욕탕에서 마주치는 분들도 있었다. 이름도 성도 모르는 사이지만, 인사를 주고받는 숱한 이들 중에서 내 마음에 들어오는 세 분이 있다.

한 분은 손수 청국장을 띄워 밥집을 하는 분이고, 다른 분은 노량진 수산시장에서 젓갈을 파는 분이다. 이야기를 나누다 보니 청국장 아주머니는 주말이면 어김없이 산으로 들로 나가 걷는다는 걸 알게 되었다. 혼자 여기저기 찾아다니다가 어느 순간부터 모임에 껴서 다닌단다. 그 덕에 우리나라의 걷기 좋은 길, 아름다운 길, 낮은 산, 높이가 좀 되는 산 등등을 꿰고 있어 내게 '거기가 좋으니 가봐라', '다른 데는 몰라도 거기는 꼭 가봐라' 등의 얘기를 만날 때마다 하신다.

열심히 걷는 이유를 묻자 "길에선 욕심이 사라져!"라는 명언을 남기시기도 했다. 내가 짊어질 수 있는 가방의 무게와 부피, 그 정도면 길에서도 넉넉하리라.

젓갈을 파는 아주머니는 사우나 안에 기척도 없이 앉아 있다가 갑자기 문을 벌컥 열고 나와 냉수를 몇 바가지 끼얹은 뒤 다시 냉탕으로 풍덩 한다.

"아이고~ 시원타. 좋다. 행복하다. 딴 거 없어. 이게 행복이지!"

그 모습에 우리도 덩달아 웃는다. 그이의 철학은 확고하다. 이왕지사 고달픈 하루, 되도록 즐겁고 좋은 얼굴로 손님을 대하는 게 자기 하루의 신조란다. "좋은 하루 되세요~" 가게를 나서는 사람들에게 기도하는 마음으로 일일이 인사를 한다는 이야기에 우리가 다 감동했다.

마지막 한 사람은 내 친구 미숙 씨다. 목욕탕에 다닌 지 수년 만에 이름을 여쭙고 알게 된 미숙 씨. 나와 동갑내기인 미숙 씨는 며느리를 맞은 후 자기 자신을 더 돌아보게 되었다고 한다. 얼마 전에는 평생 숙원인 자전거 타기에 도전해서 이제는 하루에 서너 시간 넘게 달려 한강 둔치 끝까지 오간다며 뿌듯해했다. 그런데 요사이 미숙 씨를 못 뵈었다. 무슨 일이 있는지 걱정도 되고 마음 한구석이 허전하다. 그간 손주도 생겼을 텐데 어찌 지내는지 궁금하다. 오래된 동네 목욕탕이라 외려 더 고즈넉해 그 정취를 즐기며 도란도란 살림 얘기, 나이 들어가는 얘기, 쓸쓸함, 어머니 얘기 등을 나눴었는데….

아침 기온이 15도 언저리가 되면 냉탕에 들어갈 때 조금 부담스럽다. 진저리를 치며 냉탕에 들어가게 되는 이맘때면 여름내 즐기던 냉커피에서 따뜻한 커피로 옮겨 탄다. 바람이 선들선들해질수록 사람끼리의 온기가 그리워진다.

그리운 친구에게

내게는 유난히 많은 걸 나눈 세 명의 친구가 있다. 우리는 열일곱, 열아홉에 만나 가까웠던 만큼 상처를 주고받기도 했지만 누구와도 견줄 수 없는 사이다. 비록 서로 살기 바빠서 어린 날처럼 많은 시간을 함께하지는 못하지만 어쩌다 친구가 던진 말 한마디는 내 마음을 깊게 울리며 지나간다.

누구나 그런 한두 사람만 있으면 된다.
자기의 모든 것을 설명 없이도 알아줄 친구.
착착 맞아떨어지는 찰떡궁합의 임자.
그런 친구가 내게는 살아갈 힘이 되었다.

"언제였던가. 새벽이 오는 줄도 모르고
수많은 얘길 했었지
그땐 그랬지. 우리의 젊은 가슴속에는
수많은 꿈이 있었지
그 꿈에 날개를 달아 한없이 날고 싶었지

다시 어둠 내리고 이렇게 또 하루가 접혀져 가고
산다는 일은 어디까지 가야지만 끝이 날지 모르고
너는 지금 어디에? 무엇을 생각하며 살고 있는지?
이제는 돌아갈 수 없는 그 시절, 그 얘기를 기억하는지?"

1991년에 그 친구들을 그리워하며 쓴 〈그리운 친구에게〉 노랫말이다. 미국에서 살림만 하고 개 두 마리와 지낼 때, 신나게 무엇인가를 함께하고, 좋아하는 것을 같이 좋아하고, 혹 좋아하는 것이 나와 달라도 "아하! 그거 네가 좋아할 줄 알았지!" 하고 말대꾸를 해줄 친구만 곁에 있다면 내 세월이 훨씬 가볍게 지나갔을 것 같았다. 호기심으로 내게 다가오는 사람 말고 진짜 친구가 그리워 만든 곡이다.

그런데 그때나 지금이나 세 사람은 나에게서 멀다. 이 나라 밖에 살기도 하고, 많이 아프기도 하다. 만나고 싶어도 볼 수 없다. 지금도 늘 그립다. 그래서 여전히 '그리운 친구'다.

곤쟁이젓이라는 게 있다. 얼마나 작은지, 젓갈을 담그면 몸이 다 녹아 삭아버리고 까만 눈알들만 점처럼 남는다. 숱한 곤쟁이들처럼 알음알음이 많으면 뭐하나. 다 사라지는데. 수만 마리의 곤쟁이들보다 대하 한 마리가 낫다. 굵은 줄기 하나면 되지, 연줄 걸리듯이 줄줄이 걸치고 살 필요 없다.

마음이 느껴지면 얘기는 끝난다

올해 들어 줄줄이 병원행이다. 엄마와 우리 부부 정기 진료 외에도 한 주에 두 번씩 미미를 데리고 동물병원에 가는 일정이 추가되었다.(신장에 문제가 있어서 정기적으로 피하수액을 맞는다.)

동물병원 대기실은 수심에 찬 보호자들끼리 서로 개와 고양이의 병명과 증세를 나누며 위로하는 자리다. 그제는 우리 미미와 동갑내기인 열일곱 살 소형 견공들이 모였다. 사람으로 치면 아흔 살이 넘은 노견들이다. 수술실 앞에는 한 젊은이가 무릎을 꿇고 하염없이 울며 손을 케이지 안으로 넣어 냥이를 쓰다듬고 있었다. "어엉~ 어엉엉~" 청년의 울음은 오래도록 그치지 않았다.

피하수액을 꾸준히 맞은 미미는 좀 좋아진 듯 어제는 까치발을 든 채 넋 놓고 창밖을 내다보기에 "나갈까?" 하니 아이처럼 뛰어든다. 산책을 하다가 픽 쓰러지는 심정지 발작이 겨우내 두 번이나 와서 삼갔는데, 이제 날도 풀렸겠다 슬슬 다시 산책도 시켜야지. 네 살배기 초코까지 동행하니 이것들이 아예 나를 끌고 다닌다.

봄기운에 내 정신도 집을 나갔는지 어디 잘 챙겨둔다고 둔 물건의 행방이 묘연해 뒤지느라 난리다. 운전면허증을 샅샅이 찾다가 서랍 정리까지 끝내고 보니 이게 대체 살 노릇인가 싶다. 남편이 제주도로 나들이 간 덕에 도시락 싸기와 저녁상 차리기가 간단히 해결되어 엄마를 모시고 저녁 외식을 하려던 참이었다. 그런데 운전면허증을 찾느라 진을 다 빼고 보니, 그새 어스름 쌀랑한 바람에 마음도 바뀌었다.

"엄마, 그냥 집에 있자."
"그래, 집에 있는 거 먹자. 너도 쉬고…. 아유, 근데 왜 이렇게 미역국 생각이 날까?"

그제 낮에 누가 선물로 준 미역을 보셨나? 모처럼 소고기 넣고 후딱 끓였는데 아주 맛있게 되었다. 소고기와 미역을 가득 담아 뜨끈하게 한 사발씩 말아 먹고, 총각김치까지 곁들이니 궁합이 좋았다. 조촐한 밥상이었지만 평범한 미역국은 자기 한계를 뛰어넘어 영혼의 음식이 되어주었다. 평소와 달리 색다른 맛이 나는 건, 홍합이나 바지락살을 넣고 끓인 게 아니어서일까? 아니면 우리 집 간장+까나리액젓

+참치액젓+멸치액젓을 섞어 간을 해서일까? 젊은 날에는 국물에 관심이 없었다. 한데 몸이 메마르듯 입안도 국물 없이는 뻑뻑해 언젠가부터 맑은 국을 꼭 끓인다.

하루 두 번, 심장약을 먹이고 안약을 넣어줘야 하는 강아지들 수발까지 마치고 쉬려는데, 멀리 바다 건너 미국 내슈빌에 사는 친구가 시 한 수를 보내왔다.

  2월과 3월
      _신복순

  봄을
  빨리 맞으라고
  2월은
  숫자 몇 개를 슬쩍 뺐다

  봄꽃이
  더 많이 피라고
  3월은
  숫자를 꽉 채웠다

안부를 묻는 대신 달랑 시 한 편을 보냈지만 친구의 마음이 그대로 느껴졌다. 이렇듯 마음이 느껴지면 얘기는 끝난다.

〈여성시대〉 앞으로 홈쇼핑 고객센터에서 일하는 분의 편지가 왔다. 어르신들이 선호하는 상품을 파는 곳이라 부모뻘 되시는 분들이 주 고객이란다. 그래서 생긴 에피소드와 자신의 경험이 담긴 편지였다.

"어떤 상품 주문해드릴까요?"
"음~ 몸에 좋은 거 그거…. 그거 청소도 할 수 있더구먼. 진짜 깨끗하게 된다네."
"신용카드 유효 기간은 어떻게 되어요?"
"엄청 길어. 얼마 전에 발급받았어. 길어서 괜찮아."

통화는 늘어지고 설명은 길어져 처음에는 짜증이 났지만 스마트폰을 잘 못 쓰시는 친정엄마가 떠오르며 '내 부모라 여기고 천천히 전화 받자! 울 엄마도 사고픈 걸 못 사면 얼마나 답답하실까?' 싶은 생각이 들자 그분들이 더듬대며 주문하고 여러 번 통화해도 괜찮아졌단다.

"오늘, 나는 행복하고 기분 좋게 누군가의 주문을 도와주러 일터로 가는 거야" 하고 마음자리를 바꾸니 전화기 너머 그분들의 삶이 들리기 시작했다는 대목에서 울컥하고 말았다. 평범 속의 비범, 전화기 너머로 보이지 않는 상대를 헤아리는 진심 어린 기도가 정말 보약 같은 사연이었다.

목소리로 연결되어 있으니까

"몇 월 며칠, 〈여성시대〉 양희은입니다."

〈여성시대〉를 여는 인사로 그날의 날짜와 요일을 알고 산 지도 24년째다. 어쩌다 세월이 이렇게 흘렀을까? 1999년 6월 7일에 시작했으니, 틀림없이 24년이 흘렀건만 실감이 안 난다.

내가 라디오를 듣기 시작한 건 50년대, 아주 어린 날 재봉틀처럼 생긴 제니스라디오가 거실 한가운데에 자리하고 있었을 때부터다. 온 가족이 모여서 라디오 연속극을 듣던 시절을 지나 아버지가 손바닥만 한 소니 트랜지스터라디오를 선물해줘서 중학생 때는 밤이면 흐릿한 백열전구 불빛 아래에서 포크 음악을 비롯해 샹송, 깐초네 등 제삼 세계 음악을 들었다. 디제이의 음악 이야기가 얼마나 달고 재밌던지, 어린 날엔 라디오 속에 작은 사람들이 사는 줄 알았다.

라디오 진행을 맡은 건 1971년 가을부터다. 기독교방송(CBS)과 동양방송(TBC)을 오가며 한낮, 학생들이 라디오를 많이 듣는 초저녁, 심야 시간대를 맡아서 진행했다. 어떤 때는 CBS에서 오후 2시부터 4시, TBC에서 오후 4시부터 6시라는 믿어지지 않는 시간대로 편성이 잡혀 양 방송사 간의 합의 아래 격일로 30분씩 녹음을 하기도 했다. 두 방송국이 있던 시청 앞에서 종로5가까지 제시간에 도착하기 위해 전철역까지 정신없이 뛰어다녔다. 꽉 막힌 서울 시내를 움직이려면 전철이 아닌 다른 해결책은 없었다.

당시만 해도 진행자가 오프닝, 클로징 원고도 직접 쓰고, 섭외도 하고, 릴 테이프로 녹음도 하고, 편집실에서 스프라이싱 테이프(녹음 테이프가 끊어졌을 때 연결하는 용도)를 갖고 씨름도 했다. 70년대 초에 위수령으로 휴교령이 내려져 방송국에서 종일 살다시피 했는데, 그렇게 이삼 년이 지나니까 라디오 방송이 어떻게 돌아가는지 알 것 같았다. 그때 진행했던 〈우리들〉, 〈세븐틴〉, 〈올 나잇 팝스〉, 〈꿈과 음악 사이에〉, 〈밤을 잊은 그대에게〉 등의 프로그램을 기억하는 이가 제법 많다. 청소년기에 그 방송을 들었다며 인사를 하는 육십 대 청취자를 만나곤 하니까 말이다. 라디오 진행자로 지낸 긴 세월이 나를 지켜준 셈이다. 늘 청취자 가까이에 목소리로 연결되어 있었으니까.

1993년 가을, 7년 만에 다시 한국에 돌아왔을 때 나를 기꺼이 받아준 것도 라디오였다. 아침 9시부터 11시까지 정치, 경제, 사회, 시사, 문화 등을 다루는 정보 프로그램을 맡는가 하면 오후 2시부터 4시까지 하는 음악 프로그램을 동시에 맡기도 했다. 그러다가 IMF의 거센 바람에 6개월간 방송을 쉬고 있을 때 하루 대타로 〈여성시대〉를 맡은 것이 인연이 되어 〈여성시대〉 '쌀집 아줌마'로 들어앉게 되었다.

마음으로 편지를 써서 보내주신 숱한 애청자와 그 사연에 귀 기울이고 함께 울고 웃어준 분들 덕분에 지금까지 마이크 앞 의자를 지킬 수 있었다. 배우고 깎인 것은 또 좀 많을까. 남자 진행자와 마음의 주파수를 맞추는 훈련은 결혼생활에 버금가는 좋은 훈련의 장이었고, 〈여성시대〉 앞으로 온 편지들은 이 세상의 그 어떤 석사, 박사 논문보다도 배울 게 많았다.

노래보다 라디오 일을 좋아했고, 라디오를 통해 어린 날의 힘겨움을 넘겼고, 많은 것을 배운 덕에 〈여성시대〉와의 인연이 맺어진 거라 믿는다.

인생 수업 24년 차입니다

사십 대 후반이 되어서야 봄 산의 뽀얀 꽃 안개 그늘의 아름다움이 눈에 들어왔다. 가슴 저리게 아름답게 느껴져 노랫말로 남기기도 했다.

> "봄 산에 피는 꽃이 그리도 그리도 고울 줄이야
> 나이가 들기 전엔 정말로 정말로 몰랐네
> 봄 산에 지는 꽃이 그리도 그리도 고울 줄이야
> 나이가 들기 전엔 정말로 생각을 못 했네
> 만약에 누군가가 내게 다시 세월을 돌려준다 하더라도
> 웃으면서 조용하게 싫다고 말을 할 테야
> 다시 또 알 수 없는 안갯빛 같은 젊음이라면
> 생각만 해도 힘이 드니까 나이 든 지금이 더 좋아"
>
> 〈인생의 선물(2006)〉

어린 날엔 더우려면 푹푹 찌고, 추우려면 쨍 하니 얼어붙는 게 좋았다. 어중간한 봄·가을보다는 선명한 여름·겨울이

좋았다. 그런데 올가을 모든 것이 너무나 찬란해 보이는 게 아닌가! 낙엽이 처량 맞아 보이는 게 아니라 너무 예쁘고 좋아서 감탄이 절로 나왔다. 그러면서 인생의 늦은 가을쯤에 서 있는 나를 돌아보게 됐다. 어느새 젊음은 떠났고 마음만 쓸데없이 젊어 몸이 받쳐주지 않아 삐거덕대는 나를 본다. 가끔 서글프기도 했다.

하지만 그해의 낙엽은 한껏 피어나는 봄꽃보다, 작열하는 태양에 고개를 빳빳이 들고 서 있는 여름꽃보다 더한 아름다움이 있다는 것을 가르쳐주었다. 내 나이 듦도 그러하리라 생각하니 눈이 새롭게 뜨였다.

〈여성시대〉와 함께한 시간은 내게 대단한 공부의 세월이었다. 관제엽서로 신청곡을 받던 70년대와 더불어 내 이십 대도 지나가고, 우여곡절이 많았던 삼십 대도 흘러갔다. 사십 대에 접어든 90년대 초반에는 나의 말에 청취자들이 팩스로 반응하는 게 놀랍더니, 이젠 인터넷 소통의 시대가 되었다. 내 속사람의 변화만큼이나 시절의 변화도 놀라웠다.

인생이라는 큰 배움터에서 새로이 공부의 맛을 알게 해준 〈여성시대〉 덕분에 얼굴의 생김생김이 다 다르듯 사람사람이, 집집의 이야기가 다 다르다는 것을 알고 귀 기울이는 법을 배웠다. 삶의 문리가 트여 말귀를 알아듣고, 머리로만 꿰던 공부가 가슴으로 받아들여지니 속사포처럼 암기는 안 되어도 이해는 제대로 되었다. 〈여성시대〉를 막 시작했을 무렵은 갱년기의 언덕을 힘겹게 넘어가고 있는 중이어서 내 우울감과 아픈 사연이 가슴에 엉켜 마음이 텁텁한 날도 많았다. 방송 전에 한강 둔치를 걷거나 여의도공원을 두 바퀴 돌며 적금처럼 쌓인 슬픔, 걱정, 답답함을 털고 들어가기를 3년여. 내가 제대로 사연을 전해야 누군가 그 거울에 자신을 비춰보고 한 걸음 뗄 수 있으리라는 것을 깨닫고, 후임 남성 진행자가 사연을 읽다가 울컥하면 받아서 씩씩하게 읽어냈다.

제작진에게 들으니, 그간 내가 읽은 사연이 5만 8천여 통이 넘는다고 한다. 돌아보면 그때그때마다 눈에 띄게 자주 오던 사연들이 있었다. 한동안은 외국인 노동자분들과 결혼 후 이주한 여성분들의 편지가 많았고, 요즘은 부모님께 "조금만 더 기다려주세요. 제가 취직해서 효도할게요" 하는 취업 준비생들의 사연이, 근 3년간은 코로나19로 힘든 시간을 보내는 자영업자, 연로한 부모를 둔 자녀분들의 사연이 많았다. 뉴스에서 나오는 이야기가 진짜 우리의 삶이고 생활임을 라디오 스튜디오에서 느낀다.

지난 2020년 6월 7일, 〈여성시대〉 20년 근속으로 라디오 디제이에게 주어지는 골든 마우스를 받았다. 아홉 번째 수상

자이자 여성 진행자로는 〈여성시대〉의 전신인 〈임국희의 여성살롱〉의 임국희, 〈지금은 라디오 시대〉의 최유라, 〈싱글벙글쇼〉의 김혜영 다음이다.

한 달에 두어 번 다른 도시에서 공연을 하는 가수가 아침 방송을 한다는 것은 결코 쉬운 일이 아니었다. 공연이 끝났다고 바로 집에 갈 수 없으니, 기차 시간, 비행기 시간을 죄 뒤적거리면서 가장 빨리 갈 수 있는 시간을 확인하는 게 몸에 배었다. 충분히 쉬거나 자지 못하면 다음 날 편지 읽을 때 발음이 꼬여 몇 분이라도 이동 시간을 줄여보려고 애를 썼던 거다.

어느 날은 공연과 라디오를 병행하는 게 죽도록 고돼서 〈여성시대〉 동갑내기 피디에게 "내가 만일 한 가지 일만 할 수 있다면 가수가 낫겠어요? 방송 진행 쪽이 낫겠어요?" 하고 물었다. 동갑인 피디는 잠시 주춤하며 물끄러미 보더니만 이렇게 답을 하더라.

"그냥 둘 다 해요. 어차피 오래 못 해! 해봤자 얼마를 더 하겠어?"

그 말이 내 가슴으로 들어왔다. 그래, 그 말이 맞지.

어떤 심심한 날에는 〈여성시대〉를 그만두는 상상을 종종 한다. 아마 3주를 못 버티고 그리울 것 같다. 인생에서 일어나는 일들이 내 뜻대로 맞아떨어진 적이 없지만 아침마다 〈여성시대〉를 들으시는 우리 엄마 윤순모 여사가 계시는 동안에는 자리를 지키고 싶다.

눈이 날린다

"눈이 내리는데, 산에도 들에도 내리는데,
모두 다 세상이 새하얀데, 나는 걸었네. 님과 둘이서
밤이 새도록, 하염없이 하염없이"

〈눈이 내리는데(1961)〉

라디오 전성기였던 내 어린 날, 60년대의 라디오 연속극 주제다. 인기가 상당했던 연속극이라 어린 우리도 흥얼거릴 정도로 유명한 노래였다. 눈 내리는 날에 이 노래는 정말 잘 어울린다. 그래서 예전에는 눈이 오는 날이나 올 것 같은 날이면 이 노래를 흥얼거렸는데, 아침 방송을 시작한 후로는 눈을 대하는 마음이 달려졌다.

새해 들어 제법 눈이 많이 내려 쌓인 날, 평소보다 더 일찍 나와 방송국으로 향했다. 안 그래도 복잡한 출근길에 도로 상황까지 안 좋아 서둘렀음에도 방송이 끝나는 11시 10분이 되어서야 도착하고 말았다. 언젠가는 짝꿍이었던 송승

환까지 둘 다 늦어 두 진행자가 10시 15분이 되어서야 스튜
디오에 들어서서 제작진이 진땀을 뺐다. (사는 곳까지 같은 관
계로.)

눈 때문에 속수무책으로 도로에 발이 묶인 것이다. 생방송
에 늦으리라고 예상은 했지만 '설마 1~2부 사이에는 들어
가겠지⋯. 3~4부 중간에는 갈 수 있겠지⋯'했는데 한 시
간이나 늦고 말았다. 마음이 수차례 냉탕과 온탕을 오간 탓
에 어깨와 목이 뻣뻣해져 결국 그날 일과를 마치고 집에 와
서는 끙끙 앓아누워 버렸다. 마음을 편히 갖자 해도 몸은 초
조함과 긴장, 스트레스를 그대로 받은 거다. 스트레스가 무
섭다는 걸 몸으로 알 수 있었다.

그래서 눈 소식이 있던 어느 날엔가 그 전날 호텔 방 하나를
잡아 묵은 적도 있다. 아무리 얼어붙은 눈길이라도 걸어서
20분이면 방송국에 도착할 수 있는 위치에 자리한 곳이었
다. 대낮부터 숙소에 가만있으려니 TV 시청 외에는 할 게
없고, 목욕을 하고 나와서도 무료하고, 큰 창으로 함박눈이
내리는 풍경은 그림인데 휴대전화는 거의 방전에 가까워져
누군가와 이야기를 나눌 수도 없었다. 이렇게나 심심하고
하릴없는 시간이라니⋯.

결국 버스를 타고 영등포로 나갔다. 젊은이들은 폭설과는

상관없이 밝고 환하게 빛났다(좋겠다, 젊어서…). 혼자 사람 구경을 하며 두리번거리다가 어두워지기 전 다시 버스를 타고 숙소로 돌아왔다. 계속 지루한 고요 속에 있다가 대체 얼마나 여러 나라 말들이 나오나 보려고 TV 채널을 돌려보았다. 영어, 일어, 중국어, 불어, 독어 정도는 구분할 수 있는데, 세상에 이렇게 처음 듣는 외국어들도 많구나 싶었다.

어두워지면서 창밖 풍경은 더 아득했다. 칫솔, 치약이 없어서 뒤져보니 판매용에 '13,700원'이라고 붙어 있었다.

억울하다.
이 닦지 말까?
그래도 이는 닦아야지.

나는 내가 여태 쓴 돈 중에 가장 억울한 비용으로 그날의 칫솔과 치약 값을 꼽는다.

아무것도 할 수 없는 날에는

〈여성시대〉를 진행하면서 지금까지 갑작스럽게 병가를 낸 적은 열 손가락에 꼽을 정도다. 당뇨와 백내장 수술, 교통사고와 무대 낙상 사고, 몇 번의 심한 목감기와 성대에 문제가 생겼을 때, 코로나19 확진 때에 병가를 냈었다. 1971년부터 라디오를 했으니 결국 난 아파야만 쉴 수 있구나 싶어 웃음이 다 났다.

쉬는 동안 창을 다 열어 환기시킨 뒤, 햇살을 방 안 가득 들여놓고, 붉게, 노랗게 물든 창밖 나무들의 단풍빛을 즐기며 〈여성시대〉 시그널을 듣는데 무척이나 행복했다. 두 시간을 꼼짝 않고 듣고 있으니 〈여성시대〉 가족들이 만든 그 거대한 어깨동무에 내가 푸근하게 감싸졌다. 각자 어깨에 짊어진 삶의 무게, 다른 얼굴, 이웃, 일터의 냄새와 공기, 처한 환경이 무엇이든 간에 가슴으로 써 보낸 편지들은 머리를 거치지 않고 가슴으로 곧장 들어간다. 딴짓을 하지 않고 집중해서 들으니 그렇게 좋을 수가 없었다.

방 안 가득, 따뜻함이 커피 향처럼 퍼졌다. 청취자분들이 진행자 두 사람에게 이런 식으로 귀를 기울이시겠구나… 싶고, 진정한 애청자 입장에서 내가 없는 〈여성시대〉를 모니터링하는 것도 벅차고 좋았다. 사람 사는 세상 얘기를 가슴으로 들으며 모처럼 쉬었다.

빨리 회복하려면 묵언 수행을 해야 하는데, 완전히 입을 닫고 있기란 불가능했다. 이른 아침에 남편과 얼굴을 마주하고 커피도 마시고 밥도 먹는데 그 시간이 얼마나 좋던지 하고 싶은 말이 쏟아졌다. 주말에만 할 수 있던 일을 평일에도 하다니….

평소 나는 남편보다 일찍 일어나 개 두 마리에게 밥을 먹이고 바닥에 배변패드를 갈아주고 남편의 도시락을 싼 뒤 내 아침거리를 준비해서 집을 나온다. 7시 30분이면 방송국 도착. 예전에는 63빌딩 앞 대중탕에서 목욕을 했으니, 목욕을 하고 방송국에 들어서면 8시 30분. 대기실에서 사연을 확인하고 9시에 마이크 앞에 앉아 피디의 시작 사인을 기다린다. 24년째 매일 도돌이표로 반복되는 나의 일과다.

병가가 끝나는 날, 아는 언니가 보낸 사과가 도착했다. 그리고 전유성 선배가 대뜸 주소를 물어본다.

"왜?"

"으응, 감말랭이 보내려고."

그런가 하면 안경점을 하는 동생이 공주 밤을 보내왔다. 우리 집에 전자레인지를 설치해준 분은 안사람이 총각김치를 담갔다고 큰 통에 가득 담아 보냈다. 세상에, 이런 부자가 또 있으려나! 공주 밤, 배내골 사과, 청도 감말랭이, 집에서 담근 총각김치까지.

"이야, 아파서 쉴 만하네~"

〈여성시대〉를 하면서 애청자분들로부터 귀한 선물도 참 많이 받았는데, 제작진들이 예전에 다른 진행자 앞으로 오던 선물과는 다르다며 웃은 적이 있다. 내게 오는 선물은 오이, 토마토, 감자, 고구마, 옥수수, 찐빵, 김밥, 떡, 생선, 직접 만든 반찬 등 그분들에게 자식과도 같은 것이다. 그래서 우리 팀과 나누고 꼭 집에 가져와서 요리해 먹는다. 그게 얼마나 큰마음이고 정성인지 알기 때문에 나눌 수만 있다면 나도 귀한 것을 나누고 싶다. 우리 집의 손바닥 정원을 뒤집어 도시 농부의 꿈을 실천해봐야 한 소쿠리니, 역시 노래로 전해야겠다.

결국 남는 건 마음을 나눈 기억이다. 마음과 마음이 닿았던

순간의 기억이 우리를 일으키고 응원하고 지지하고 살맛나
게 한다.

마감 끝낸 그 기분,
하늘 향한 하이킥!

오늘은 새벽 5시에 눈이 떠졌다.

'깬 김에 원고를 써야지. 바로 일어나서 쓰자…. 아, 아니다.
좀만 더 자고 쓸까?'

잠깐만, 잠깐만 하다가 후딱 한 시간이 지났다. 남편이 깨워
서 일어나 보니 벌써 6시 10분. '목욕을 하고 말끔해진 몸과
마음으로 원고를 쓰면 술술 써질 거야. 탁한 머리를 맑게 하
는 데는 목욕이 최고야' 생각하며, 방송국으로 직행해도 모
자랄 판에 목욕탕으로 향했다. 매일 내 등을 밀어주는 분이
계신데 무얼 하고 계시든 간에 내가 등장하면 "내가 등 밀
어 드릴게유~ 내가 해유~"하며 내게 오신다. 손끝이 야
무져서 비누칠도 잘하신다. 금세 기분이 좋아진다. 작은 일
같아 보여도 이건 작은 일이 아니다.

한 달에 한 편씩 월간지와 신문사에 글을 연재하고 있다. 매

번 글은 안 써지지, 속은 타지, 약속은 지켜야 하지… 마음이 볶인다. 반드시 지켜야 하는, 지키지 않을 수 없는 공적인 약속이지 않은가. 그걸 24년째 하고 있다니! 학창 시절의 나를 아는 친구들이라면 "양희은, 네가?"하고 대번에 놀랄 거다. 더욱이 기억력이 신통찮은데 두 원고를 다른 소재로 써야 하니 쓴 걸 꺼내서 읽고 또 읽는 게 일이다.

원고는 꼭 책상에 앉아서 노란색 옥스퍼드 노트에 쓴다. 펜은 꼭 쓰는 걸로만 쓴다. 몇 시간이든 간에 될 때까지 그 자리를 사수한다. 한 편을 쓰는 데에 걸리는 시간은 대개 2시간 30분에서 3시간 정도. 당연히 한 번에 끝내지는 못한다. 이삼 일 묵히면서 고치기를 되풀이하는 게 내 글쓰기 방식이다. 그래서 마감 사흘 전부터 앉아서 써야 시간을 맞출 수 있다. 키보드로 치면 좋으련만 하지 못할뿐더러 생각이 볼펜 끝에서 나오는 터라 여기저기에서 도움을 받고 있다. 몇 번을 개칠한 원고를 도와주는 이에게 사진으로 찍어 보내면 그것을 타이핑 쳐서 편집부에 보내준다. (손으로 써서 교정을 하다 보니 개칠이 내게는 더 맞는 표현인 거 같아서 그렇게 이야기하고 있다.)

그렇게 끙끙 앓다가 원고를 끝내면 그야말로 하늘 향해 거침없이 하이킥을 날리는 심정이 되고야 만다. 홀가분하고 뿌듯하다.

드디어 한 달을 보내는구나.
더듬거리면서라도 해냈구나.

숙제를 해낸 개운한 끝맛이 일품이다. "혹 뭔가에 쫓겨야만
사는 맛이 나시나요? 마감이 있어야 살아 있다고 느끼는?"
그렇게 묻는다면… 글쎄다, 그럴지도!

내가 좋아하는 사람이
나를 사랑하고 지켜준다

제주에 다녀왔다. 놀러 가는 것이었다면 좋았겠지만 일을 하러 간 거라 아침 비행기로 가서 저녁때 돌아오는 일정이다. 그래도 하루 종일 나가 있는 데다가 공연을 하러 가는 길이라 짐이 적지 않았다.

며칠 전부터 커다란 바구니에 필요한 것들을 툭툭 던져놓았다가 떠나기 전 뺄 건 빼고 간단명료하게 짐을 싸는 게 내 노하우라면 노하우다. 나이가 드니 비상약 챙기기는 필수! 그리고 머리부터 발끝까지(안경, 선글라스, 얇은 반팔, 얇은 긴팔, 바람막이 잠바, 조끼, 기초화장품, 휴대용 충전키트 등) 머릿속으로 그림을 그리며 작은 트렁크에 짐을 넣는다. 짐 꾸리기가 인생의 목표인 듯 그렇게 한다. 부칠 짐은 없었다. 구겨지면 안 되는 옷은 돌돌 말아 작은 보자기에 싸고(의상은 보자기에 싸는 게 최고다.) 화장품은 몇 가지만 화장 가방에 챙겼다.

리허설은 오후 1시 반, 공연은 3시! 새벽 5시에 기상해 샤워 후 신새벽부터 발성 연습을 하고, 공연 순서대로 노래 연습을 하면서 머리 말기―메이크업 기초 바르기―아침 차리기―챙겨 먹기―헤어·메이크업을 마무리하고 비가 올지도 모르니 가방에 비닐 덮개를 씌워 아침 6시 반에 집에서 나섰다. 오전 10시쯤 제주공항에 도착해 마중 나온 친구네서 잠시 쉬다가 이른 점심으로 흑돼지구이를 먹기로 했다. 그날, 난생처음 돼지껍데기를 먹었는데 쫀득쫀득하게 씹히는 맛이 재밌었다. 거기에 된장찌개와 밥까지 두둑하게 먹으니 함포고복이 따로 없었다.

제주도 교육청에서 마련한 위기 가정 지원을 위한 콘서트는 1, 2부로 나뉘어, 1부는 소아청소년정신과 전문의와 가족 상담사가 접수된 사례를 놓고 이야기를 하는 시간을 갖고, 2부에서 노래로 마음을 토닥이는 〈양희은의 힐링 콘서트〉 순서로 진행하기로 했다. 후텁지근한 날씨로 무너진 머리 모양새를 정비하고 무대 뒤에서 사람들의 이야기에 귀 기울였다.

유례없는 팬데믹으로 사람들의 정신 건강도 흔들려 불안, 우울, 자살 충동 등을 느끼는 이들이 많다. 아이들 중 30퍼센트는 우울하다고 느끼며, 10퍼센트 정도는 죽고 싶다는 생각을 하고, 그중 3~4퍼센트는 실제로 자살 계획을 세운 적이 있다는 보고가 충격적이었다. 힘든 마음을 어찌 표현할지 모르는 아이는 도움을 청하기 주저하고, 부모는 아이의 상태를 알게 되어도 시간이 지나면 괜찮아질 거라고 생각해 마음의 문제를 더 키우게 된단다. 아무리 심각한 상태의 아이라 할지라도 진지하게 이해해주고 기다려주면 그것이 위로가 되어 마음이 편해지는 경우도 많다고 하니 각별히 신경을 써야겠다.

내가 좋아하고 사랑하는 사람이 역시 나를 사랑하고 지켜준다. 힘들지만 도움을 청하면 다시 안전해질 수 있다. 전문가들은 어떤 상황에서건 내 편이 있다는 믿음이 하루하루 살아내는 큰 힘이 된다는 이야기를 해주었다. 내게는 서른아홉에 세상을 떠난 아버지가 버팀목이자 믿는 구석이었다. 사람이 죽고 나서도 영혼이 있다면 엄마를 부양하고 동생들을 챙기는 나를 봐줄 수밖에 없다고 생각했다.

사춘기 자녀와 갱년기 엄마의 갈등 사연도 있었는데, 사춘기를 이기는 게 갱년기라는 데서 웃음이 터지기도 했다. 내 시간이 되어 무대에 올라 〈행복의 나라로(1972)〉, 〈꽃병(2014)〉, 〈엄마가 딸에게(2015)〉 등을 부르고 내려왔다. 공연장 밖으로 나오니 능소화가 흐드러졌다. 제주 꽃송이는 서울의 꽃보다 크기도 크고 빛깔도 더 강해서 놀라웠다. 맑은 공기에 꽃들도 걸지구나.

그날이 그날인 게
더없이 좋은 거야

오늘도 별다른 일 없이 무탈하게 하루가 갔다. 5년짜리 일기장을 한 권 샀다. 2022~2026년까지 5년 동안 사용하는 것으로, 한 페이지에 같은 날짜의 칸이 다섯 개씩 있는 독특한 일기장이다. 페이지를 넘겨가며 첫째 칸을 다 채우면 1년이 되고, 그다음 해에는 다시 맨 앞 페이지로 돌아가 둘째 칸을 차례차례 채우는 식이다. 5년 동안의 추억과 기억을 한 권으로 볼 수 있겠다. 인터뷰 마지막 질문은 대부분 앞으로의 계획, 올해 하반기 계획을 묻는 것이다. 그럴 때면 "저는 계획 없이 살아요. 그저 코앞에 떨어지는 일 하나씩 하나씩 해내는 맛으로 살지요, 뭐~"라고 답한다. 그 말은 사실이다. 무슨 대단한 계획보다 그냥 하루하루를 잘 넘기는 게 중요하다는 생각이다.

하지만 별일 없이 무탈해서 지루하게 느껴지는 날도 있었다. 심심해 죽겠다고 하니, 친구 어머님이 따끔하게 야단을 치셨다.

"그날이 그날인 게 더없이 좋은 거야. 별일 있는 게 무에 좋겠냐?"

세월 지나 곱씹어 보니 옳은 말씀이다.

요사이 우리 집에 별일이 있다면 시누이댁 강아지 초코가 함께 있다는 것이다. 미미와 초코는 나이 차가 열세 살이나 나는 데다 둘 다 암놈이라 피차 뜨악한 상황이다. 사람이 바라는 바가 개들 사이에 설득력이 있을까만은 계속 이런 식이면 어쩌나 걱정이다.

저녁녘 산책에 미미랑 풀 방구리 같은 초코를 데리고 나왔는데, 쥐똥나무 울타리 사이로 황홀한 바람이 불었다. 열매가 쥐똥 같다고 이름을 그리 지었겠지만 꽃향기만은 라일락 못잖게 달콤하다.

지난주에는 중학교 때 같은 2학년 5반이었던 친구들과 서촌에서 점심을 했다. 살림의 고수들이라 웬만한 외식에는 놀라는 법이 없는 친구들인데 그날은 처음 맛보는 색다른 메뉴에 칭찬 일색이다. 먹으면서 분석도 했다.

"생강이 들어갔네."
"요 작은 알갱이는 무얼까?"

"겨자씨야."
"그래?"

넷이서 좁쌀보다 조금 큰 겨자씨를 오물오물 씹어본다. 점점 더 노래나 음식이나 기본을 보게 된다. 기술을 부리는 이의 노련함도 감탄스럽지만 역시 뼈대를 본다. 무언가를 더한 맛보다 재료 본연의 맛을 살리는 그 기본! 다들 별일 없이 지내는 덕에 천천히 재료 하나하나를 음미하며 식사를 할 수 있어 복에 겨운 날이었다.

점심을 파하고 귀가한 친구는 오랜만에 아이들이 와서 밥 차려주고 치우니 하루가 다 갔다고 하기에 서로가 서로에게 "과죽모(과로하다 죽어도 엄마)"라며 웃었다.

목소리는 낮게,
구두는 가볍게

기운이 떨어져 머릿속이 텅 비고 도무지 참신한 그 무엇도 떠오르지 않아 제자리걸음일 때, 사람들은 어떤 방법으로 늪에서 벗어나는지 궁금하다. 오래전 친한 운동선수들과 슬럼프를 극복하는 각자의 방법을 나눈 적이 있다. 한 친구는 쉬는 날에도 혼자 나와 안 되는 부분을 죽어라고 연습하면서 이겨낸다고 하고, 한 친구는 거리를 두고 슬렁슬렁 무심하게 딴짓을 하고 나면 극복이 된다고 했다. 내 경우에는 그 두 가지를 다 한다.

'날으는 작은 새'라 불렸던 여자배구 국가대표 출신의 조혜정 선수(키가 165cm로 단신이었지만 점프 높이가 엄청나고, 기량이 뛰어나 1979년 이탈리아 리그로 진출했다.)와는 한때 이탈리아 안코나에서 함께 지낸 시간도 있고, 서로 의지한 우정도 깊다. 배구 경기가 있을 때마다 소도시 여러 곳을 함께 다녔는데, 자기는 배구공에 마음을 실어 원하는 자리에 보낸단다. 그 말이 참 새로웠다. 그러면 실수 없이 빈자리, 상대의 허점으로 공이 간다고 하니, 대단한 '염력+공력'이다.

나도 그런 경험이 있다. 암전된 객석의 공기가 차가울 때, 마음 기댈 데 없이 유난히 빡빡한 분위기에서 나는 내게 눈을 맞추는 이에게 노래를 보낸다. 제각기 다른 곳에서 저마다의 사연으로 공연장을 찾은 이들이 만드는 분위기는 그들 위의 허공이다. 그것은 매일 다르다. 어떤 날은 힘들이지 않고 노래가 그 공간을 채우는데, 흐르지 않고 고여 있을 때는 진땀이 뽀작뽀작 난다. 더워서 줄줄 나는 땀이 아닌 끈적한 땀이다. 하지만 어찌 됐든 간에 무대와 객석의 왼쪽부터 오른쪽까지 품에 안고 마음을 다해 분위기를 내 것으로 만들어 흘러가게 해야 한다. 나를 향한 눈빛이 유일한 응원이니까 거기에 기대지 않으면 실마리가 풀리지 않는다. 서로의 파장이 응답되면 힘들이지 않고 끝까지 간다. 힘을 뺀 채 노래할 수 있다. 용을 쓰지 않아도, 진땀 흘리지 않아도 된다.

세상에 나오는 광고나 노래의 마스터링 기술도 장족의 발전을 해서 그야말로 최첨단이다. 그중에는 유난히 큰 소리로 출시된 것들도 있다. 간혹 표준보다 소리가 튀는 경우가 그렇다. 비슷비슷하면 묻히니까 남다르게 튀어야 귀를 잡아끈다는 계산에서일까? 작은 소리보다 내지르는 소리가 관심을 끌어서일까?

늘 이어폰을 꽂고 일하는 나는 낮고 부드러운 음색이 신기하게 더 잘 들린다. 배우 김영옥 선생님의 내레이션을 듣고 있으면 더 그런 생각이 든다. 귓속말이라고 작게 들리는 게 아닌 것처럼 힘을 빼고 나지막이 노래를 할 때에 사람들이 더 그 소리에 집중하는 것 같다. 그러니 목소리는 낮게!

가끔 친구들을 만나 점심을 먹는데 이제는 일하던 친구들도 거의 은퇴해 출석률이 좋다. 모이면 낡은 집수리와 짐 정리, 식구들 건강 문제, 본인의 퇴행성관절염, 임플란트, 신장 투석, 코골이 무호흡증과 양압기 사용 등에 대한 경험을 나눈다. 오늘은 '남의 편'인 남편이 의사의 권고나 아내의 말을 무시하며 제멋대로라서 속상하다는 하소연, 버릴 수 없는 귀한 것들을 누구에게 물려주어야 할지, 딸이나 며느리가 유행에 한참 벗어난 살림살이를 기꺼이 받을지 고민이라는 얘기도 나왔다. 한 친구는 살림살이는 버려도 그만인데, 사진 정리는 어찌해야 할지 모르겠단다.

옛날 앨범의 투명 '쩍쩍이(필름)'를 들추어 일일이 사진을 뜯어내고 분류해 종이상자에 정리하고 보니 아이들의 어린 날 사진이 꽤 많더란다. 며느리에게 건네자니 자기 가족사진도 아닌데 뭐 흥미를 가지겠나 싶어서 말았단다. 이제 우리의 숙제는 덜어내는 것이지 보태는 게 아니다.

옷은 더 이상 됐다.

무얼 더 사겠나. 얼마나 입겠다고?

명품 백도 됐다. 가벼운 나일론 백이 최고다.

구두는 밑창이 부드럽고 탄력 있는 게 좋다. 굽이 낮아야지.

두루 얘기를 나누고 필요한 정보도 얻고 속상한 얘기 끝에
편도 들어주고, 뭐든지 한 번에 끝나는 법이 없다는 푸념도
늘어놓는다. 집에서 나올 때 뭔가를 빠트려 두어 번 들락날
락한다는 얘기인데 다들 킥킥거린다.

"마트에서 쌀을 사려는데 옆에서 보던 직원이 어르신이라
며 카트에 쌀을 실어주더라. '어르신' 소리, 아직 좀 어색한
데 이제는 좋게 받아들이려고. 마음은 청춘인데 노인, 어르
신이라네. 아무려면 어떠니? 고집 센 꼰대라도 좋아. 건강
만 하자, 우리!"

4장

그럴 수 있어

꽃그늘 아래에서 화전놀이

매화, 벚꽃, 동백, 개나리, 진달래, 라일락 등 북상하는 꽃
소식에 어김없이 마음이 들썩였다. 올봄에는 시간에 쫓기
지 않고 실컷 여행을 하리라 마음을 다지던 중이었는데, 드
디어 꽃구경 복이 제대로 터졌다.

서울, 마산, 세종시 등에 사는 친지들과 옥천군 청산면으로
나들이를 떠나기로 한 것이다. 옥천역 주차장에서 만나 깨
끗하고 정갈한 한식집에서 점심을 먹고, 정지용 시인의 생
가를 둘러본 뒤 인근에서 한의원을 하는 친구네 집으로 갔
다. 다들 이렇게 좋은 자리에 집 짓고 사는 게 어디냐며 부
러워했다.

우리끼리 봄놀이 중 최고라는 화전놀이를 해보자고 몇몇은
쑥과 진달래를 따러 나갔고, 몇몇은 집주인과 찹쌀가루로
익반죽을 시작했다. 모든 준비가 끝나 프라이팬에 기름을
두르고 달군 다음 찹쌀 반죽을 지름 5센티미터 정도로 펴서

올렸다. 중불로 지지다가 한 면이 익으면 뒤집고, 다른 면이 익을 때쯤 진달래꽃 뒷면을 살며시 꽂듯이 놓아준다. 처음에는 모양새가 초보의 솜씨였는데 시간이 갈수록 우리는 점점 달인이 되어갔다. 서로 너무 예쁘다며 사진을 찍고 감탄을 쏟아냈다. 쑥으로 진달래 양옆에 가지를 치듯 장식을 해주니 화전이 더 살아났다.

화전을 배 터지게 먹고는 전기장판을 깔아놔 따뜻한 마룻바닥에 각자 편한 자세로 누워 얼굴에 팩을 뒤집어쓰고 낮잠을 잤다. 공기는 달고, 등 따시고, 속도 든든하니 더 바랄 게 없는 오후였다. 화전놀이의 정점은 달고 깊고 고요한 낮잠 시간이었다.

그다음 주, 쉬는 날 아침에 속초에 사는 친구네 집으로 향했다. 강원도는 꽃 소식이 늦어 지금 벚꽃이 터지기 시작했다면서 설악동 입구로 나를 안내했다. 어린 벚나무에 벚꽃이 흐드러지게 피어 있었다. 벚나무 그늘 아래서 원 없이 사진을 찍으며 꽃구경 복이 터졌다며 즐거워했다. 그 동네에 섭국 파는 유명한 집이 있다기에 맛나게 먹고, 처음 보는 오징어식해, 반건오징어를 선물 받았다.

친구네 집으로 돌아와 집 앞 꽃밭에서 허브 잎을 따다가 찻잔에 담아 끓는 물만 부었는데 세상 어느 명품 차보다 맛이 그윽하니 깊었다. 공기가 달다는 것, 눈길 닿는 곳에 고층 건물이 하나도 없다는 것, 옆집과 앞집에 뛰어다니는 강아지들이 보이는 풍경이 번잡했던 마음을 편하게 해주었다.

서울 떠나 살겠다고 계속 노래를 불렀는데, 일하고, 또 일하는 상황이라 날이 좋으면 더 들썩이고 이리도 떠나고 싶은가 보다.

따끈한 굴국 한 그릇

〈시골밥상〉 촬영으로 전라남도 고흥에 다녀왔다. 집집마다 유자나무가 몇 그루씩 심어져 있고, 거기에 몇 개 달린 유자의 빛이 한겨울이라 더욱 곱게 보였다. 길에 "우리는 고흥 굴이 아니면 판매를 하지 않습니다"라고 쓰인 현수막이 보여 '왜 저런 말을 써 붙였을까?' 의아했는데 곧 이유를 알수 있었다. 고흥은 발포해수욕장부터 인근 일대와 나로우주센터가 있는 외나로도 전 지역이 다도해해상 국립공원으로 지정되어 있어 자연산 석화가 많이 자생해 그 자부심을 드러낸 글이었다. 지나는 길마다 조용하면서 손을 덜 탄 느낌이라 편안했다.

오늘의 촬영지는 나로우주센터의 송신탑이 뵈는 산기슭의 반듯한 농가였다. 새로 이은 듯한 슬레이트 지붕과 작지만 오래된 돌담, 달팽이 껍데기처럼 돌담이 곡선으로 뻗은 모습이 그림 같았다. 고조부 때부터 살던 집이 80년째가 되니 망가져 새로 지은 지가 47년째요, 돌담은 127년이 되었단다. 고흥의 돌은 제주도의 돌과는 종류가 달랐지만 흙이나 시멘트로 메우고 쌓는 방식은 동일했다.

역사가 깊은 집에 여태 사시는 그 댁이 부러웠다. 뒤뜰에는 장독대와 유자나무, 편히 오갈 수 있는 텃밭이 있었는데, 석화 껍데기가 무더기로 있었다. 다른 거름이 필요 없을 것 같았다.

이곳 주인아저씨가 맛의 달인이란다.
아주머니의 말에 아저씨가 한마디 거드셨다.

"나는 군소리 안 합니다. 그렇지만 짜면 안 돼요."

이 얼마나 정곡을 찌르는 말씀인지! 음식은 간인데, 자기 기준 간이 딱 맞지 않으면 못 먹는다는 말씀이시다. 그 집 뒤꼍에 쌀 두 가마니는 될 법한 양의 신안 비금도 소금이 탐스러워 보였다. 그 소금으로 간을 맞추면 아주 맛이 좋아질 듯했다.

그 댁에서 해 먹은 음식 중에 단연 굴국이 가장 맛있었다. 해풍을 맞고 자란 무를 얇게 삐져 썰고, 쌀뜨물을 받아 된장을 잘 풀어 끓이다가 굴을 넣으면 끝이었다. 자연산 굴이라 그런지, 아니면 집 된장 맛이 좋아서인지 달고 깊은 오묘한 맛이 났다. 마술 같았다. 굴국 한 사발을 먹으니 세상 부러울 게 없었다.

주인아저씨가 유자차를 권하시기에 한 잔 먹고 나왔다. 햇살이 어찌나 쨍한지, 겨울의 볕이 아니었다. 배 속이 따뜻해서 남부럽지 않은 것인가? 아니면 남이 부러워할 정도일까? 결국 남부럽잖은 것도 별거 아니다. 내 배가 부르고 등 따뜻하면 그만이다.

꽉 끼는 일상들을
좌로 우로 위로 아래로 밀어내고

잿빛 하늘과 푹푹 찌는 날씨, 국지성 호우가 오락가락하더니 장마가 걷히고 8월의 무더위가 시작됐다. 가만있어도 지치는 날씨라 여기저기에서 휴가 소식이 들려왔다. 동네 목욕탕도 닫고, 미용실 직원도 휴가를 낼 거라고 자기가 자리를 비운 날에는 다른 분에게 관리를 받으라고 했다. 7월 말부터 8월 초에 걸쳐 라디오 청취율 조사가 있어 그 기간에 휴가를 가지 못하는 나는 설렘 반 부러움 반으로 그들의 이야기를 들었다.

동네 목욕탕 언니는 작년에 소백산 갔을 때, 산 깊은 곳에 웬 산장이 하나 있기에 너무 좋아 보여서 이번에 가보려고 예약을 했단다. 영주로 들어가서 산을 타고 산장에 머물면서 2박 3일 동안 누군가 해주는 밥을 먹을 생각하니 벌써부터 행복하다고 웃어 보였다. 그이가 행복이라고 발음하며 얼굴을 활짝 펴는데, 그 행복이 내게까지 전해졌다.

내 머리와 얼굴을 손봐주는 미용실 직원은 이번에 제주도로 휴가를 떠난단다. 제대로 된 여행은 1년 반 만이라고 생각만 해도 가슴이 떨린다고 했다. 이십 대 중반의 좋은 나이, 기분 좋은 일을 생각만 해도 가슴이 떨린다는 젊음을 보며 내게도 그런 떨림이 있었던가 되짚어보았다.

다들 사람답게 사는구나. 서울은 내가 지킬 테니 잘들 다녀오라고 했다. 그러고 보니, 올여름 휴가는 생각도 안 해봤네. 이것저것 영화제가 많이 열리던데 영화나 골고루 봐야겠다.

내 어린 날의 여름방학을 떠올려본다. 친가나 외가가 시골에 있어서 그림일기에 논과 밭, 원두막 그림을 그려 넣는 친구들이 부러웠다. 서울에서 꼬박 방학을 보내야 하는 나는 장마 걷히고 남은 비가 추적추적 오는 날엔 나가 노는 대신 다락에 올라가 아버지의 낡은 트렁크 사이에 끼겨 앉아 만화책을 읽으면서 고구마나 감자, 찐빵 같은 간식을 먹는 게 여행이었다. 그것도 싫증 나면 그냥 마루에 앉아 추녀 끝 빗방울이 마당에 만들어놓은 구멍들을 멍하니 보며 '비멍물멍'을 했다.

떠나지 않고도 즐기는 휴가도 가능하다. 그래서 마음먹고 마실에 나섰다. 요즘 문화 갈증이 심해 아주 조갈이 나 있어서 날을 잡아 보고 싶었던 영화와 공연을 하루에 다 해치우기로 했다. 아침 겸 점심을 먹고 늑장을 부리며 시내로 나갔다. 예술 영화, 제삼 세계 영화 등을 주로 상영하는 극장에서 〈잠수종과 나비〉를 봤다. 잘 찍은 영화였다. 배우들의 연기와 카메라의 시각이 놀라웠다.

유명 패션잡지 《엘르》의 편집장이었던 보비는 어느 날 갑자기 운전을 하다가 발작이 와서 며칠 만에 깨어나 보니 왼쪽 눈 빼고는 전신마비 상태가 되어 있었다. 그의 몸에서 유일하게 성한 왼쪽 눈꺼풀의 움직임으로 영화는 시작된다. 말이 나오지 않으니, 왼쪽 눈꺼풀을 한 번 깜박이면 '네', 두 번 깜박이면 '아니오'로 소통을 시작해 15개월 동안 20여만 번의 깜박임으로 130페이지에 달하는 책을 쓴다. 눈꺼풀의 깜박임으로 원하는 단어를 만들어가는 환자 본인과 알파벳을 읊어주고 받아 적는 출판사 직원과의 유대가 대단해 보였다.

그러고는 세종문화회관으로 넘어가 유명 팝송에 양로원 노인들의 사랑 이야기를 가사로 붙인 뮤지컬을 관람했다. 황혼의 사랑을 그린 작품이라 55세 이상의 배우만 캐스팅했다는 점이 흥미로웠다. 무대 경력이 많은 분들이라서 노래면 노래, 연기면 연기, 다 좋았다. 이런 노익장들이 하는 공연이 많이 만들어졌으면 좋겠다.

꽉 끼는 일상들을 좌로 우로 위로 아래로 밀어내고, 한가롭고 여유로운 휴가를 사는 곳에서 그대로 머물면서 보냈다. 돈 많이 쓰고 즐기는 건 누가 못하랴! 개운하게 샤워한 뒤처럼 정신이 싹 씻기는 그런 휴가였다.

많이 웃고 걸으며
셋이 함께라서

이성미, 박미선과 가까운 일본 후쿠오카로 여행을 떠나기로 했다. 트리플 룸을 예약하고 여행책을 공부해가며 일정을 짰다. 늘 그렇듯 길 떠나기 전 가방을 꾸리며 일정을 짜는 시간이 참 즐겁다.

각자 일정을 마치고 저녁 비행기로 떠나 밤이 되어서야 숙소에 도착했다. 짐을 풀고 가까운 하카타역으로 가서 회전초밥을 먹고 편의점에 들러 물을 사서 슬렁슬렁 걸어 숙소로 돌아왔다.

이성미, 박미선 둘은 아주 오래된 사이라 새벽까지 이야기가 끝이 없었다. 나는 초저녁잠이 많아 잠결에 참견하다가 슬며시 잠이 들었는데, 이튿날 미선은 내 코골이 탓에 꼴딱 밤을 새웠단다. 하기야 나는 내 코 고는 소리를 못 들으니. 간밤의 일을 이야기하는 미선의 말이 참 웃겼다.

"트럭을 밤새 몰고 다니더라고!"

우리가 묵은 호텔은 조식 뷔페가 제법 훌륭해서 든든하게 속을 채우고 길을 나섰다. 셋이서 여기저기 눈요기하고 다니다가 가위 한 개랑 남편 도시락용 수저통 세트를 사고, 우리 엄마 윤 여사가 좋아하는 공예품을 들여다보다가 엄마가 애독하는 꽃 잡지 한 권을 샀다. 큰돈 들이지 않고도 즐거운 쇼핑이라 만족스러웠다. 성미와 미선은 딸들을 위한 화장품 등을 사러 대형 할인 마트로 갔다. 정신이 나갈 정도로 많은 물건들 틈에서 잘도 찾아내더라. 엄마들이란!

쇼핑을 하다 보니 당이 떨어져 뜨끈달달한 단팥죽을 사 먹고, 숙소로 돌아와 수건을 챙겨 온천탕으로 향했다. 한갓져서 알토란같이 목욕을 즐기고 병 우유 자판기가 있어 그것까지 사서 마시니 그야말로 완벽한 오후였다. 우유 맛도 예전의 그 맛이라 추억 여행까지 덤으로 했다. 나와서 느긋하게 산책하니, 이보다 더 좋을 수 없었다. 후쿠오카는 혼자만의 동굴이 필요할 때 종종 찾는 곳이다. 특별히 이번에는 가까운 후배들이 동행해 나만의 힐링 비밀 장소를 알려주는 것만 같아 더 신이 났다.

집으로 가는 날 아침, 느긋하니 일어나 아침을 든든히 먹고 체크아웃 시간을 재차 확인한 뒤, 녹화 때 신을 까만 신발을 사야 한다는 성미를 따라나섰다. 성미가 고른 미들 굽의 클래식한 구두는 세일 제외 품목이었지만 가격이 10만 원 정도여서 마음에 들면 하나 더 사라고 우겼지만 아니란다. 지금껏 방송용 신발 하나로 17년을 버텼는데, 이젠 너무 낡아서 사려는 것이라고 했다.

미선은 그림에 관심이 있어 혼자 공부도 해왔던 터라 '후쿠오카 아시아 미술관'에 가보고 싶어 했다. 미술관을 둘러보고 근처에 있는 유명한 도시락 집에서 점심을 할 참이었는데 마침 쉬는 날인지 문을 닫아 다른 창작 초밥집을 예약해 늦은 점심을 먹었다. 다들 그 정성과 플레이팅, 맛에 감탄, 그야말로 감동의 도가니탕이었다. 함께 간 보람이 있었다. 우리 셋 다 낭비를 모르고 사는 편이고, 자신에게 꽤나 엄격해서 늘어난 짐은 없었다.

많이 웃고 많이 걸었다. 셋이 함께라서, 관심사도 시선이 가는 방향도 달라서, 세 사람 몫의 경험을 했으니 그 또한 푸짐했다.

혼자 떠나는 여행이 필요해

잠시 짤막한 여행을 다녀왔다. 여러 번 가본 곳이라 좋아하는 장소를 빠짐없이 둘러봤다. 혼자 하는 여행은 5년여 만인가? 코로나19로 제약이 생기기 전에는 혼자 당일치기 여행을 한 달에 한 번은 했다. 새벽에 떠나 돌아올 때까지 묵언 수행하듯 많이 걷는 그런 여행이다.

라디오에서 매일 말을 하는 게 직업이라 가끔 혼자만의 동굴이 절실하다. 말없이 적막하게 있는 게 내게는 쉼이다. 남편하고 같이 다니는 것도 좋지만, 혼자 있는 시간도 필요해서 언젠가 '혼자 여행'을 선언한 뒤로는 나의 월례 행사가 되었다.

얼마 전 김포에서 출발하여 오사카를 다녀왔다. 아침 8시 30분에 출발하여 간사이공항에 도착한 게 오전 10시 10분. 공항에서 시내까지 연결된 라피도 기차를 타고, 시내에 있는 맛집에 12시 10분에 도착했다. 점심을 먹고, 편의점에서 생수, 과일 조각을 사다가 간단하게 요기하고, 말없이 걸었다.

유명 백화점 지하 식품관을 구경하고 있으면 시간 가는 줄 모르겠다. 화과자나 양과자가 진열된 모습이 예뻐서 하염없이 바라본다. 그렇게 지하 식품 매장을 두루 구경하고, 동관과 서관을 연결하는 긴 복도에 앉는다. 자리를 잡고 앉아 나처럼 쉬고 있는 노인들을 관찰하는 것도 재밌다. 신발, 목도리, 안경, 핸드백 같은 것을 관찰하면서 소설을 쓰기도 한다.

'머리 모양새와 신발이 패션의 중요 요소란 말이 맞아.'
'저 벽 쪽에 앉은 할머니는 참 멋쟁이시구나! 젊었을 때 대단했겠네.'
'저쪽 벽 끝에 앉은 할아버지는 기능 위주 차림이네. 건강을 잘 챙기는 양반인가 보네.'
'나이 들면 역시 신발이 편하고 좋아야 되겠다.'

짤막한 여행이지만 전혀 피곤함이 없고, 좋아하는 것을 했더니 도리어 몸과 마음에 활력이 돈다. 사람들 사이에서 기운을 얻는 이도 많지만 나는 혼자 있을 때 에너지가 충전되는 사람이다. 그처럼 평화로운 시간은 없다. 더욱이 아무도 사인이나 사진을 요청하지 않으니 신경 쓰일 게 없어 편안하다.

어떤 이는 음식을 만들면서 간을 보다 보면 입맛이 떨어진 다는데, 이상하게도 난 그런 적이 없다. 내가 만든 밥과 반찬이 항상 맛있다. 미련 곰탱이 같은 얘기라고 할지 몰라도 사실이 그렇다. 이성미가 내 묘비명으로 "지가 한 밥이 그렇게 맛있다더니…"라고 지어줬는데, 여기에 "지 혼자 하는 여행이 그렇게 좋다더니…"라고 내가 보탤 테다.

몇 주 뒤 그날의 '나 홀로 여행'이 그리워 사진과 후기를 인스타그램에 올렸더니 역시 이번에도 이런 디엠이 왔다.

"앗. 저 버스 정류장에서 봤어요~"

허걱!
손바닥만 한 세상이다.

이제는 말할 수 있다,
내 오랜 꿈은… 코미디언!

우리 집은 온통 비계(공사를 할 수 있도록 임시로 설치한 가설물)
에 둘러싸여 있다. 한 달 넘게 창을 열 수 없으니 답답하다.
직접 지은 지 25년이 넘어 사는 동안 수시로 손을 봤지만
큰 수리는 이번이 세 번째다. 집 안에 사람이 살면서 하는
수리는 고스란히 소음과 먼지, 일하는 이들이 드나드는 어
수선함을 톡톡히 감수해야 되는 일이다. 그러니 살면서 할
짓이 못 된다고 다들 고개를 젓는 거겠지. 시간이 지나면 지
금의 불편함보다 수리 후의 만족감이 더 클 테니 되도록 무
감각 무덤덤하게 마음 비운 채 하루하루를 버텨내고 있다.

이 와중에 엄마는 앞니 세 개를 발치하고, 헐거운 틀니를
보완하느라 주 1회 서울 시내에 있는 치과에 다니신다. 죽
을 다양하게 사다 드렸는데도 어느 날엔 싫다고 하셔서 다
른 부드러운 음식을 챙기느라 동생과 신경을 많이 썼다. 그
런데도 이것저것 이상하게 섞어 다른 식구들은 먹을 수 없
는 창작 요리를 만드시고, 작은 냄비 두어 개에 담아 당신이

잡수실 테니 걱정 말라더니만 날이 풀리면서 뒤 베란다에서 상해버리는 일이 여러 번 있었다. 썰을 수가 없어 채소와 과일을 섭취하지 못해 주스로 만들어 드시는데 당뇨 환자에게는 달달한 과일이 금물이라 나는 그만 소리를 질러버린다. 혈액이 맑지 못하니 가렵다고 자꾸 긁어대고….

그래서 '영양×식사×운동 건강 습관 워크숍'에 등록해 컬러푸드와 항암 식이요법, 감염병 시대에 장 건강을 지키는 면역 강화 식이요법 등 두 가지 강의를 열심히 들었다. 수업이 끝나면 수강생들과 음식과 건강에 관한 여러 얘기를 나누는 시간을 갖기도 했다. 참 좋은 시간이었다. 그렇게 배운 것을 엄마께 설명을 해드렸지만 소용없었다. 당신이 한 번 뜻을 정하면 기어코 잡수신다. 대책이 없다. 기억력이 너무 또렷해서 치매답지 않은 치매인데 제일 집착하는 게 음식이다. 후각도 놀랍다. 맛있는 냄새엔 어김없이 부엌으로 나오셔서 훈수를 두신다.

요즘 우리 식구들은 시니어 배우들, 방송인들이 노래하는 〈뜨거운 씽어즈〉라는 프로그램을 재밌게 보고 있다. 방송 뒷이야기도 장안에 화제다. "내 분야가 아니기 때문에 도전만으로도 행복할 것 같았다. 행복해지고 싶어서 출연한 거고, 노래를 위해 무대에 선 건 82년 인생 처음이다! 너무 좋았다"는 나문희 선생님의 이야기에 나도 사느라 묻어둔 꿈을 꺼내보았다.

어린 날부터, 아니 평생 가슴에 품었던 이루지 못한 꿈의 직업이 내게도 있다. 바로 코미디언이다. 그래서 내 주변에 코미디를 하는 친구들이 많다. 어떠한 상황도 웃음으로 끝내고, 어지간히 심한 다툼도 누가 먼저 웃겼느냐로 승패를 가리니, 그게 마음에 든다. 얼마나 좋은가! 개그 하는 친구들의 뒤꼍에는 하나같이 남모를 아픔과 슬픔, 삶의 그늘이 깊어 그 웃음이 내겐 더 애틋하다.

전유성 선배는 평생 꿈이 코미디언인 나를 위해 대본을 써두었다며 환갑 선물이라 했다. 언제든 한번 도전해보라고 하셨는데, 그 얘기를 들은 지도 11년이 지났다.

세월이 갈수록 깔깔대며 웃을 일이 없다. 씨익 내지는 피식 웃지, 눈물 나게 뒤집어지게 웃어본 지 꽤 되었다. 그렇게 한번 웃고 싶다. 흐드러지는 봄꽃처럼… 그렇게.

스페인 산티아고를 가다

얼마 전 〈여성시대〉 휴가를 얻어 스페인으로 여행을 다녀왔다. 스페인 북부 여행 마지막 날, 산티아고 데 콤포스텔라 광장에 갔는데, 불현듯 한 사람이 떠올랐다. 제주올레길을 낸 서명숙이었다! 십수 년 전 〈여성시대〉에 주말마다 여행 이야기를 듣는 코너가 있었다. 그때 막 산티아고 순례길에서 귀국한 서명숙을 초대해 걷고, 눈에 담고, 몸으로 느낀 바람의 이야기를 재미나게 들었다. 서명숙은 반나절 함께 길을 걷던 영국 여성분과 점심을 먹으며 "이 길을 걷고 몸과 마음을 치유받은 우리가 각자 나라로 돌아가 길을 내자"고 약속했고, 곧 고향인 제주로 내려가서 길을 낼 생각이라고 했다. 얼마 뒤 진짜 실행에 옮겨 올레 1코스가 시작됐다.

직접 겪은 것만이 자기 것일 텐데⋯. 두 발로 걷는 대신 차를 타고 온 나는 순례의 종착지인 드넓은 광장에서 땀에 절어 보이는 배낭과 낡은 운동화, 씻으면 얼마나 시원할까 싶은 모양새의 사람들을 살펴봤다. 관록이 엿보이는 얼굴이었다. 새소리와 쏟아지는 햇살 또한 눈부셨다.

버스 안에서 〈더 웨이(The Way)〉라는 영화를 봤다. 영화는 아내가 세상을 떠난 뒤 아버지 톰과 사이가 서먹해진 아들 대니얼이 순례 여행을 떠난 첫날 비바람으로 사고사했다는 비보로 시작된다. 아들의 유품을 찾기 위해 스페인에 도착한 톰은 아들의 배낭을 메고, 아들의 유해를 지고 그 길을 걷는다. 그리고 아들이 그렇게 완주하고 싶어 했던 산티아고 순례길에서 화장한 아들의 재를 곳곳에 남긴다.

길에서 만난 젊은이 셋과 동행 아닌 동행을 하며 갈등, 분노, 슬픔, 서로 마땅찮아하는 가운데 여러 일을 겪으며 드디어 순례길 끝에 닿는다. 뱃살을 빼려고, 글 쓸거리를 찾기 위해, 담배를 끊으려던 세 젊은이의 바람은 이뤄지지 않았으나 아들을 잃은 아버지의 슬픔에 공감하며 있는 그대로 서로를 받아들였고 산티아고 넘어 또 다른 길 위에 선다. 톰은 집시가 알려준 눈물의 곳에서 아들의 나머지 뼛가루를 훨훨 날리며 비로소 환하게 웃었다. 도대체 넌 왜 걸어? 무엇을 위해 힘든 길 걸어왔느냐고? 광장에 모인 모든 이들에게 묻고 싶었다. (사회자 본능!)

사람들은 무엇으로 여행을 기억하는가? 미식과 탐식으로, 기막힌 와인과 맥주 맛으로, 사람과 맺은 인연으로, 끝내주는 자연 풍광으로, 연속된 불운의 기억으로, 쇼핑으로, 계속되는 악천후로 기억할 듯싶다. 스페인은 원재료에 대한 자부심과 자신감이 대단해 음식은 대개 별다른 양념 없이 질 좋은 올리브 오일과 소금, 그리고 허브가 전부였다. 메인 요리에 설탕을 일절 안 쓰는 대신 후식은 제법 달다. 푸짐한 식사를 하면서 우리 일행은 끊임없이 어린 날의 도시락 반찬, 짜장면, 라면, 달걀에 얽힌 이야기며 머릿니와 살충제 디디티(DDT), 쥐잡기 운동의 추억을 나누며(무슨 컬트 영화 찍듯이) 웃어댔다. 돌아가면 그리울 것들도 얘기했다. 누룽지 맛과 비슷한 이 나라 빵, 맑은 공기, 파란 하늘, 어디서나 들리는 새소리, 크고 묵직한 유리병에 담긴 생수와 와인, 느긋한 일상의 리듬, 앞에 보이는 차가 일곱 대 이상이면 긴장된다는 도로 상황 등이 부럽고 그리울 거라고 했다.

사람마다 아끼는 게 다르다는 이야기도 했다. 어떤 이는 휴지를 그렇게 아끼고, 어떤 이는 물값이 아까워서 생수 사 먹기를 주저하고, 어떤 이는 종이가 아까워 예쁜 포장지와 장식 리본을 깨끗이 접어 간직한단다. 또 누구는 잠옷을 아낀 나머지 제 피부마냥 나달나달해진 걸 걸치고 잠자리에 든다나. 알뜰살뜰하게 돈 아껴서 자신을 위한 여행을 꿈꾸는 사람도 있었다. 일행 중에 나의 버킷리스트를 다 해낸 분도 계셔서 부러웠다. 캐나다 옐로나이프에서 오로라 보기, 아프리카에서 뛰노는 동물 보기 등을 어찌 다 하셨을까!

그분은 "가서요. 왜 못 가요?" 묻는데 난 그냥 웃었다. 이웃 나라인 일본의 아주머니들은 아무리 바빠도 일 년에 한두 번은 자신을 위한 온천 여행을 꼭 한다고 했다. 따끈한 물에 몸을 풀고 남이 차려주는 호사스런 밥상을 받으며 지친 마음을 달래줘야 또 한 해를 살 수 있는 힘을 얻는다고.

이번 여행의 여러 가지 추억으로 한 달쯤은 잘 지낼 것 같다. 나와 남편이 집을 비운 사이 엄마는 긴장을 해서인지 더 똘망해지셨다. 조카딸 부부가 증손자를 데리고 와서 할머니와 휴일을 보냈고 희경이네 아들이 상차림을 해서 식구들이 푸짐한 식사를 했다고 한다.

94살 노모와 두 마리 강아지를 놓고 가는 긴 여행은 앞으로 힘들겠지. 집으로 돌아와서야 비로소 깊은 잠을 잤다.

석 잔에 담긴 인생의 진리

빛나는 휴일 오후, 남편은 동창 모임에 가고 엄마는 한밤 중처럼 깊게 주무시고 나는 어릴 때 아무도 없는 집에 혼자 있는 것처럼 기분이 좋았다. 미미와 누워 텔레비전을 켰다. 주말에 빼놓을 수 없는 재미는 TV 다큐멘터리를 몰아서 보는 것. 예전에는 영화만 골라 봤는데, 요즘은 요리, 여행, 자연 다큐멘터리를 선호한다. 사람 냄새가 나서 좋다. 세계 곳곳에서 살아가는 사람들이 담담하게 살아온 날들을 이야기하고, 사회에 첫발을 내디뎠을 때의 경험, 인생이 베풀어 준 기회, 또 실패와 좌절, 도전, 다시 일어선 일화가 진짜라서 좋다.

마침, 중국 어느 소수 민족이 차 만드는 과정을 담은 다큐멘터리를 방영하고 있어서 열심히 보았다. 굵직한 대통에 찻잎을 꾹꾹 눌러 담고 김장독 묻듯이 땅에 묻고 6개월 이상 발효시켜 꺼내 차를 우리면 세상 어디에도 없는 차 맛이 난단다. 차를 인생에 비유하는 내레이션도 명품이었다.

"차는 인생이고 인생은 차다.
즉 얼마만큼의 고난과 얼마만큼의 전환점을 겪어내면
차처럼 우리 인생도 성숙해나갈 것이다."

결혼 20주년 기념으로 남편과 중국 운남성에 위치한 리장으로 여행을 갔을 때가 문득 떠올랐다. 백족마을의 전통공연을 관람했는데, 공연 중에 차를 세 번 내어주었다. 백족의 삼도차 문화는 손님을 대접하던 오랜 풍습이 환영을 받으면서 점차 관광산업으로 발전되었다고 한다. 그 의미도 신묘했다.

멀리서 손님이 찾아오면, 처음에는 '고차(苦茶)'라고 부르는 쓴 차를 내온다. 두 번째에는 단맛이 나는 '감차(甘茶)' 또는 '첨차(甛茶)'를 내오고, 마지막에는 '회미차(回味茶)'라고 부르는 여러 맛을 느낄 수 있는 차를 내온다. 쓴 차는 인생의 쓴맛을, 단맛의 차는 인생의 단맛을, 그리고 단맛과 쓴맛이 섞인 차는 어차피 인생은 달거나 쓰거나 간에 떠날 수 없는 것, 그러니 쓰고도 달며 복잡한 인생을 함께 나누자는 의미를 담고 있다고 한다. 차 석 잔에 인생의 이치가 담겨 있으니, 입도 마음도 즐거웠던 기억이다.

조용한 일요일의 한낮 마무리는 엄마와 둘이서 따끈한 버섯 전골을 해 먹는 것으로 정했다. 팽이, 만가닥, 표고, 새송이,

알배추, 두부, 소고기 넣고 슴슴하게 끓여내니, 내 마음도 보글보글 끓는다. 속 뜨뜻하게 식사를 하고 차를 우렸다. 어떤 스님이 만드신 차인데 열매와 잎 여러 가지가 섞여 있었다. 구수한 맛이 인상적이었다. 뜨거운 물에 우려내기 전에는 차 맛을 알 수 없으니, 이 또한 인생과 닮았네.

59년 만에 아버지를 현충원에 모셨다

어린 날 집에 손님이 오시면 아버지는 늘 희경과 나를 불러 세워 노래를 시키셨다. 그래서 우리는 취학 전 시절부터 진즉에 손님맞이를 위한 레퍼토리를 어느 정도 확보해놓고 있을 정도였다. 명절이면 혈혈단신으로 월남해 같은 처지이신 아버지 친지분들이 우리 집에 모여 엄마의 솜씨로 차린 만두, 녹두부침, 갈비찜, 김치말이국수 등 푸짐한 음식으로 그리움을 달래셨다. 아버지는 당신 어머니의 그리운 손맛과 비견해 정성껏 차려낸 서울 태생 울 엄마의 솜씨를 타박하시기도 했다.

아버지는 어쩌면 이른 죽음을 예견하신 듯 먼 친척분의 상가에서 다음은 자신 차례라고 하셨단다. 서른아홉에 가셨으니 살아보지도 못하고 떠나신 셈이다.

> "내 나이 열세 살, 아버지는 다시는 못 오실 먼 길 떠났죠
> 딸 셋만 세상에 덩그러니 두 눈 못 감고 떠나셨어요

내 나이 마흔 살 고개 넘어 아버지보다 더 살고 나서야
그 나이 남자들 어리더라, 늦바람 당신을 용서했어요
세월이 흘러 나도 떠나면 거기서 우리 만나게 될까?
아버진 채 마흔도 되기 전에 살지도 못하고 가신 거예요
험한 세상에 어떤 남자가 당신만큼 날 사랑해줄까?
아버진 그렇게 가시려고 남다른 사랑을 주신 거예요
내 나이 예순 살 넘어서야 용케도 살아온 길 뒤돌아보니
기댈 곳 없는 이 거친 세상 당신은 가고 난 남아 있네요"

내가 쓴 〈아버지(2014)〉의 노랫말이다. 남겨진 우리 셋, 장
녀인 내가 열세 살, 희경은 열한 살, 희정은 일곱 살이었다.
그 후 딸 셋의 마음고생, 몸 고생은 참 말로 다 할 수 없었
다. 어쩜 그리도 휑뎅그렁한 살림살이가 나아지지도 않고
기댈 곳도 없었는지!

5월 마지막 주말, 제법 여유롭게 쉴 수 있는 긴 휴일이라 길
은 북적였지만 가신 지 59년 만에 아버지를 현충원에 모시
기로 한 날이라 막히는 길도 전혀 문제가 되지 않았다. 당신
소유의 야산 꼭대기에서 이장해 희경과 내가 사는 일산 가
까이에 터를 마련하고 모셨는데 이장하던 일꾼 아저씨들이
아버지를 보고 기골이 장대하고 육척장신이라고 했다. 하
기야 우리 어릴 때 아버지 팔뚝에 매달려 철봉 놀이하듯 놀
았던 기억이 난다.

시댁 어른을 현충원에 모시는 선례를 보고 울 아버지도 충분히 자격이 되지 않을까 하여 더듬더듬 육사, 육군본부, 보훈청, 광탄면사무소 등에 알아보며 서류를 보내고 민원을 접수하고 또 확인하며 답을 기다린 끝에 육사 4기 졸업증명서와 국가유공자증서가 배달되었다. 모든 일 처리는 막내가 맡아 했는데 어린 날 갖고 놀던 아버지의 훈장 네 개를 기억하며, 아버지의 자리도 현충원이면 좋겠다는 바람으로 기다렸단다. 다시 한번, 경기도 파주 용미리 근처 산소의 개장 허락을 받아 현충원에 모시면서 '우리 아버지는 돌아가신 후에도 여러 번 이사를 다니시네…' 했다.

이혼이란 말도 생소했던 시절, 최첨단으로 이혼한 가정에다가 새 여자 들이고 3년도 못 살고 가신지라 "쟤네랑 놀지 말랬지?" 수군대는 손가락질 속에서 우리 셋은 자랐다. 멍든 가슴이야 남았지만 징징대지 않고 크게 상하지 않은 채 셋이서 암담함을 웃음으로 달래며 지냈다.

아버지를 모시며, 각자의 마음속에 있는 아버지를 나누었다.

희경 : 아버지가 살아계셨더라면 우리 두 자매는 절대 공인이 못 됐을 거란 생각이 들어. 딸 셋을 금이야 옥이야 금지옥엽으로 키웠을 테니까. 그랬다면 별로 인간성 좋은 어른은 못 됐을 것 같아. 살면서 이런 생각으로 아버지를 일

찍 여읜 걸 위로했던 거 같아. 가수 양희은, 배우 양희경, 박사 양희정—험난한 가정사를 발판 삼아 서 있는 지금의 모습을 아버지께 보여드리고 싶어.

희정 : 내가 기억하는 아버지는 친절하고 예의 바른 분이었어. 지금도 택시 잡을 때 계속 양보하시던 모습이 기억나. 어린 나하고 한 약속도 꼭 지키셨고, 약속을 지키기 위하여 자신이 어떻게 하셨는지도 자주 들려주셨지. 여름에는 낚시, 가을·겨울엔 사냥을 다니셨는데 공부 때문에 언니들은 못 가, 막내인 나만 아버지와 자주 놀러 다녔었지. 나를 지프차 조수석에 태우고 어린아이처럼 즐거워하시며 길을 떠나시곤 했어. 돌아가실 무렵 집에서 쉬시는 동안에도 내가 묻는 별별 질문에 일일이 대답해주셨지. 귀찮으실 만도 한데 아버지는 그렇게 대하는 법이 없었어. 돌아가신 지 59년, 우리 아이의 체격, 얼굴, 목소리에서 아버지를 늘 뵈네. (막내네 집 아들은 외할아버지를 뚝 닮았다.)

희은 : 우리 딸 셋의 기억을 종합해 조각보 이불을 지으면 비교적 많은 부모의 모습이 그려지겠지. 그런데도 아버지 이야기를 하는 게 이렇게 힘들 줄은 몰랐어. 우리가 살아남은 건 기적이라고밖엔 말할 길이 없다. 많이 웃으며 서로를 보듬으며 잘 자란 셈이야. 장하고 기특한 어린아이들이었어. 어린 날 그렇게 걸핏하면 노래를 부르게 하신 것

도 어쩌면 당신이 떠난 후에 어린 가장의 앞길을 미리 터주고 준비시키신 걸까?

내 안의 어린아이에게

누구나 상처 입은 어린아이를 안고 살아간다. 세상 사람들은 '잘 견뎠어. 용타! 너, 잘했어!' 토닥거려 주며 그 아이를 떠나보내라고 한다. 말이야 쉽지. 그래서 나도 '어린 희은을 잘 달래 보내자' 하지만, 어떨 땐 내 안의 그 아이가 아직도 새파랗게 살아 있다는 걸 느낀다. 불현듯 그 상처가 아리게 올라올 때가 있다.

같은 아픔을 가진 사람들을 만나면 내 안에 있는 그 어린아이와 다시 마주하게 된다. 어떤 아픔인지 너무 잘 알기에 그냥 입을 다문다. 위로의 말을 덧붙일 필요도 없다. '그래, 나 그거 알아. 너도 그랬구나' 하면 그만이다. 그러면 희한하게 같은 아픔끼리 같은 값을 약분해 지워버리고 아픔이 잦아든다. 아파보기 전에는 모르지. 아파봐야 아는 거지.

남편과 결혼했을 때, 유복하고 평범한 가정에서 자란 남편은 그늘이 없을 거라고 기대했다. 아버지가 돌아가셨지만 육 남매가 똘똘 뭉쳐 사니까 부러웠다. 그런데 어느 집이든 다 그림자가 있더라. 평온해 보이는 집도 그 안에 자리끼가 땡땡 어는 윗목이 있다. 가족 안에서 상처도 많이 받고, 어쩌면 나를 제일 모르는 사람도 가족이다. 집집이, 사람마다 그 안에 금이 가고 깨져 다시는 붙일 수 없는 유리 조각이 있다.

누구나 자기 삶의 무게가 제일 무겁다. 다시는 아픈 일이 없었으면 하지만 어찌 인생이 우리 마음 같을까. 상처가 난 자리에 또 상처가 나면 당연히 더 아프다. 하지만 아무리 죽겠어도 시간은 흐르고 흉터 위에 새살이 돋고 살아지는 게 인생이다. 상처 없이 타인의 불행에 어찌 공감할 수 있을까?

고요하다가도 비가 오면 다시금 이는 흙탕물 같은 상처 입은 어린아이와 함께 살아가는 방법은 저마다 다를 것이다. 나는 스스로 만족할 만한 순간을 늘리는 게 속힘이 되었다. 누가 알아줄 필요 없는 자족의 순간 말이다. 음원이 세상에 발표되기 전, 몇 달에 걸친 작업이 마침표를 찍었을 때 그 성취감은 썩 괜찮다.

또 운동이라면 질색이었던 내가 요즘은 매일 한 시간 넘게 거뜬히 걷고, 일주일에 세 번 아쿠아반에 출석한다. 먹고 떠드는 것만 좋아하는 내가 걷는 게 인이 박혀서 걷지 않으면 안 될 정도가 되었고, 물에 들어가는 것도 싫고, 수영복을 입고 남들 앞에 서는 것도 너무 창피했던 내가 아쿠아반에 부지런히 다니게 되다니!

하다가… 안 하다가… 또 하다가… 그러다 일정이 있어 빠지고… 수차례 반복하다 보니 어떤 날엔가 일단 가고 보는 것이 몸에 배어 있더라. 나 스스로 생각해도 운동에 인이 박힌 건 용하다. 그렇게 스스로 칭찬할 거리를 만들면서 살아간다.

그리고 뭐, 그 많은 상처들이 다 내 잘못인가.
하늘에서 느닷없는 똥바가지가 떨어졌고 하필 그 자리에 내가 있었던 게야.

"네 잘못이 아니야. 고개 빳빳이 들고 다녀!"

자기 자신을 용납하고
사랑하기가 어렵다면

나는 나를 별로 사랑하지 않는다. 스스로를 무수리처럼 함부로 굴린달까. 열아홉 살 때부터 엄마를 도와 집안을 일으키고 동생들 공부시키고 어떻게든 살아내야 한다는 생각에 감정 표현이나 엄살이 사라진 게 아닌가 싶다. 게다가 좀 살 만해지면 동생 둘이 번갈아 아프고, 쉴 만하면 남편이 아프고. 내가 지쳐 뻗으려던 참인데 꼭 다른 누군가가 먼저 누워버리니 난 저절로 항우장사(?), 아니 기운찬 무수리가 되는 기분이다.

그런 나를 보고 친구가 이랬다.

"가장 사랑하는 사람을 위하듯, 그렇게 네가 너 자신을 봐줘. 밥도 아무렇게나 먹지 말고 1식 3찬이라도 예쁘게 차려서 먹고, 집에 있을 때도 기분 좋아지는 옷을 꺼내 입고, 극진하게 너를 위해줘 봐."

나는 왜 그게 안 될까. 더럽게 안 된다. 그런 마음이 뽐뿌질을 한다고 생기나? 안 생겨! 뭔가 계기가 있거나 어떤 조건이 맞아서 단전 아래서부터 쑤욱 올라와야 하는 것 같다. 적당한 물과 바람과 햇살이 있어야 나무가 자라고 꽃도 피듯.

〈여성시대〉에 이런 사연이 온 적이 있다. 어떤 분이 이사를 했는데 이삿집 아저씨들이 버리려고 했던 죽은 화분을 모르고 새집으로 가져왔더란다. 크고 무거운 화분이라 눈에 띄지 않는 곳에 대충 놓았다. 몇 날 며칠 집 정리를 하던 어느 날, 커피 한잔을 마시며 쉬는데 아주 기분 좋은 향기가 집 안 어디에선가 풍기기에 의아했다고 한다.

'무슨 냄새지? 이런 향이 날 데가 없는데!'

'냄새가 어디서 날까?' 살피다가 오래전 이미 마음속에서는 죽었다고 내다 버린 그 화분에서 피기도 힘든 꽃이 피어 있어 깜짝 놀랐단다.

'죽은 지 한참 됐는데! 틀림없이 죽었는데!'

온 힘을 다해서 한계의 끝을 뚫고 꽃을 피운 거다. 물을 주기를 했나, 무얼 했나! 그저 베란다 창이 열려 있어 햇살과 바람이 들어왔을 뿐인데 생명의 모든 힘을 다해 마지막까지 제 할 바를 한 것이었다.

마음에서 이미 버렸고, 돌봐주지 않아 아예 죽은 줄 알았던 화분의 사력을 다함! 아무도 돌아보지 않았던 그 결핍이 이렇게 놀라운 꽃을 피워냈다는 글을 읽는데 눈물이 핑 돌았다. 어떻게 버려진 극한 상황에서 다시 피어났을까. 그것을 보며 결핍이야말로 가장 큰 에너지가 아닐까 생각했다고 한다. (식물도 물을 너무 줘서 뿌리가 썩어 죽는 게 다반사란다.)

내려갈 대로 내려가서 바닥을 쳐야 올라온다는 말이 맞는지도 모르겠다. 자신을 구박하는 정도가 아니라 아주 미워한다고 치자. 그렇다면 언젠가 미움의 바닥을 찍겠지. 그러다가 어느 날 기어이 올라오고야 말겠지. 그게 순리다. 밑바닥까지 내려갔으면 이제 올라와야지.

올 5월 마지막 주에 발표한 첸(CHEN)과의 듀엣곡 가사를 일부 소개해본다.

> "아무도 없고 찾지도 않는
> 어두운 곳에 나는 서 있어
> 메마르고 아렸던 나의 밤은
> 차가웠고 외로웠다
> 피어난 적 없었던 것

어느새 다가온 기적처럼
꽃 한 송이 피어나길

긴 밤들은
차가웠고 외로웠지
피어나지 못한 마음
아스라이 지나온
기나긴 어둠을 넘어
꽃 한 송이를 피워내길"

〈나의 꽃, 너의 빛(2023)〉

너는 내내
살아 있는 눈빛이어야 해

요즘 들어 혼자 있고 싶은 마음이 굴뚝같다. 모든 책무로부터 벗어나고프다. 내 시간을 마음대로 요리하고 싶다. 어쩌면 우리 일은 누군가 불러줘야만 할 수 있는 데다가 일이 시작되면 시간을 내 마음대로 할 수 없으니 그런 갈증이 나나 보다. 오후 8시 공연이라고 해도 오전 11시부터 대기해야 하고, 오디오와 조명 맞추고, 전체적으로 공연하듯 한 바퀴 돌고 나서야 본 공연이니, 사실 두 번 이상 공연을 하는 셈이다. 그 시간 동안은 무언가를 할 엄두도 안 나고, 할 수도 없다.

내 동료 중에 아프리카 봉사를 여러 번 다녀온 이가 있다. 아무래도 긴 비행시간과 날씨, 먹거리 탓으로 몸이 망가진 것 같다더니만 또다시 거길 가겠다고 해서 이유를 물었더니 혼자 있고 싶어서란다. 왕복 비행시간이 길어서 좋단다. 혼자 오롯이 있고 싶어서 척박한 땅에 다시 간다니….

227

'얼마나 혼자 있고 싶으면 저럴까?'
그 마음을 알 듯도 했다.

반면 다른 지인은 '친구가 없어서 외롭다'는 소리를 한다. 밤에 누군가에게 전화를 걸어 허허로운 마음을 털어놓고 싶은데, 전화를 걸 사람이 없더란다. 연락처를 쭉 보다가 '이 친구에게 전화를 걸어볼까?' 하다가도 '말자!' 싶어서 접는 일이 부지기수라니, 누군가와 함께일 때는 혼자인 시간이 절실하고 혼자라고 생각하면 외로움이 사무치는 게 사람일까.

내가 외롭다는 것을 '내 것'으로 느끼기 시작한 것은 서른 살 때였다. 배낭 메고 남의 나라 좋다는 곳을 막 떠돌기 시작했을 때는 기고만장했다. 역시 혼자 하는 여행이 최고라니까 하며…. 적어도 여행길에서 맥을 만나기 전까지는 그랬다.

맥은 스페인행 기차 칸에서 만났다. 건장하고 잘생긴, 인상 좋은 친구였다. 스페인 남부의 황막한 광야를 18시간 달리기, 길게 누워 자기(장장 55시간 기차 여행으로 편안한 잠자리가 너무 그리웠으니까.), 볼일을 시원하게 보기, 따뜻한 물로 샤워 한번 해보기 등을 소원으로 꼽으며 아는 노래란 노래는 죄 함께 부르며 인생에서 우리가 해야 할 일은 '생각하며(To

think) 기다리고(To wait) 단식하기(To fast)'라고 썰을 풀어댔
다. 혼자 여행하는 맛에 길들여져 옆 사람이 귀찮기도 했지
만, 위험 부담이 적고 여자 둘이서 다니니 나름 편하고 마음
이 통했다.

우리는 그 여름 스페인에서 내내 함께 있었다. 맥은 보랏빛
샹그릴라를 따라주며 "넌 참 특별해. 제발 무얼 보려고 애
쓰지 마. 박물관에도 왕궁에도 찾아갈 것 없어. 그냥 있어.
그저 풀이 자라는 걸 보고만 있어. 아무것도 하지 마." 하고
내게 해준 이야기며, 우리가 마리아 루이사 공원을 산책할
때 만난 집시 꼬맹이들이 들꽃 두 송이를 따다 주며 했던 이
야기는 아직도 잊히지 않는다.

"네 손도 둘, 발도 둘, 눈도 둘! 이 작은 꽃 두 송이를 행운
의 뜻으로 네게 줄게."

정이 잔뜩 들어 맥이 캐나다로 돌아가는 날 공항에서 울면
서 헤어졌다. 흐느껴 우는 맥과 작별을 하고, 리스본으로 가
는 열차에 올랐다. 그런데 이상하게 탈진이 되어서 끼니도
못 찾아 먹고, 숙소에서 낮인지 밤인지도 모른 채 까부라져
서 잠만 자댔다. 호된 열병을 앓고 난 뒤처럼 싯멀게져 일어
나 세수를 하다가 그만 머리칼이 곤두서고 말았다. 거울에
비친 나에게 혼잣말을 걸고 또 대꾸를 하고 있는 것이었다.

그 순간 혼자라는 게 무서워졌다. 그 길로 친구가 있는 스위스 취리히로 향했다. 오후 5시, 텅 빈 기차에서 나는 참 많은 생각을 했다. 까닭 없는 눈물이 흘렀다.

지금을 위해서 지나간 모든 세월이 필요했었나?
떠나기 위해 머물러 있었던 것인가?
얼마나 보잘것없는 일에만 매달려 사는지?
형편없는 일에 마음을 쓰면서….

밤 기차 창에 비친 내 얼굴을 보며 나는 울었다. 새벽녘에야 친구가 있는 취리히에 도착했다. 그로부터 몇 주 뒤 맥으로부터 편지가 왔다.

> 스페인을 생각하면 아직도 꿈인 듯싶어. 제발 나에게 편지를 써줘. 그 모든 것이 꿈이 아니었음을 확인하고 싶어. 포르투갈 남쪽까지 가봤니? 세빌리아에서 만났던 그 미국 집시들도 만났니?—집을 떠나라. 그것만이 살 길이다.— 너는 어디서건 머물러 있지 마라.

맥은 자기 인생의 목표가 '춤추는 눈빛(Dancing Eyes)'을 찾는 것이라고 했다.

"그게 어떤 눈인데?"

"응…. 살아 있는 눈빛이야. 모든 것에 대해서 웃을 수 있는 그런 눈을 말하는 거야."
"그래? 나는 어떤데?"
"가끔… 네 눈빛도 그래."

지금 나의 눈은 어떨까. 춤추는 눈빛으로 살아가고 있을까.

우울해서 입맛도 없다면

집에서 남편과 아침밥을 같이 먹는 날은 〈여성시대〉 녹음 방송이 나가는 날뿐이다. 일주일에 닷새는 따로따로 식사해야 한다. 난 나대로 아침 일찍 강아지 밥 주고, 남편의 도시락을 싸고, 아침거리를 챙겨 방송국으로 향한다. 아침식사는 가래떡 구운 것, 아니면 빵이나 시리얼, 과일, 샐러드, 커피다.

배 속이 든든해야 일도 잘되고, 남이 먹는 걸 보며 괜시리 침을 꼴딱꼴딱 삼키지 않게 된다. 남이야 무얼 어찌 끓여 먹고 살든지 내 입에 맞는 반찬 두어 가지면 세상 돌아가는 일이 덜 어지럽고 무게중심 잡기도 쉽다. 잘 먹어야 기운도 나고, 싸울 때 싸울 수도 있는 거다. 나에게는 집밥 기운이 든든해야 세상에서 자기 몫을 한다는 믿음이 있다. 소박해도 집밥, 고단해도 집밥이 최고다! 뭐니 뭐니 해도 밥심, 뱃심이 있어야 한다.

몸과 마음이 축났을 때, 나는 이렇게 먹는다.

우울할 때는 요리를 덜 하는 쪽으로 간다.
채소를 사 와서 쌈장에다가 각종 견과류를 부숴 넣고 맛있
게 만들어서 쌈을 싸 먹는다.
우적우적 볼이 터지도록 가득히 먹는다.

기운이 없을 땐 된장찌개다.
대신 아무 두부나 넣으면 안 된다.
맛있는 두부를 사 와야 한다.
감자를 넣으면 텁텁해진다.
그럴 땐 호박하고, 풋고추, 양파 정도로 끝.

가끔은 나물을 때려 넣고 고추장에 비벼 먹는다.
나물을 많이 넣는 게 포인트!
어떤 때는 된장과 참기름만 넣고 비빈다.
되게 맛있다. 한번 먹어보시길.
된장이 들어가면 눈이 딱 떠진다.
된장이 내게는 위로다.

행복할 땐?
굶어도 되지.

먹고 다시 자더라도
일단 밥부터 먹자.

누구에게나 넘을 수 없는
장벽 하나쯤은 있다

나는 자전거를 못 탄다. 앞에 장바구니를 매달고 자전거를 타는 아줌마를 보면 선망 어린 눈빛으로 한참을 바라보게 된다. 사실 23년 전에 올림픽공원 안에 있는 '송파 어머니 자전거 교실'에 다닌 적도 있다. 낮은 언덕 꼭대기에서 자전거 타기를 배우는데, 제일 처음에 넘어지는 법부터 가르쳐 준다. 잘 넘어질 수 있어야 잘 탈 수 있으니까.

둘째 날에는 줄지어 선 나무 사이를 S자로 지나가는 법을 배웠다. 워낙 겁이 많아 체격 좋은 여자 선생님이 뒤를 잡아준 덕분에 그래도 진도는 나갈 수 있었는데, 벤치에서 그 것을 보는 남학생들(아마도 학교 수업을 빼먹은 아이들 아니었을까?) 여럿이 히죽거렸다. 창피한 건 창피한 거고 자전거는 자전거니 별로 개의치 않았다. 그러던 어느 순간, "우와~ 탄다, 탄다!" 하는 소리가 들려 뒤를 보니 내 자전거 꽁무니를 잡아주던 선생님이 없었다! 그 사실을 깨닫자마자 바로 휘청거리며 꼬꾸라졌다.

나흘째 되던 날, 혼자 공원 둘레를 한 바퀴 도는 데에 성공
해 마침내 수료증을 품에 안을 수 있었다. 수료 기념으로 친
구가 연습해서 앞으로 잘 타라며 예쁜 연두색 자전거를 사
주었지만 접이식이라 내 덩치에는 위험할 수도 있다기에 바
라만 보는 자전거가 되었다. 하도 답답해서 뒤에 보조 바퀴
를 달고 동네를 다녔지만 그것도 위험하다고 해서 그냥 보
고만 있다. 그러다가 아주 튼실한 물건으로 한 대 더 샀는데
그것도 역시 보관하고 있다.

나와 마찬가지로 자전거 타기가 소원이었던 이성미는 소원
을 풀겠다며 보조 바퀴가 달린 자전거를 타고 달리다가 넘
어져 손목 골절상을 크게 입었다. 부러진 뼈를 쇠로 고정시
키고 1년 뒤에 다시 쇠를 제거하는 수술 과정까지 지켜보
고, 나는 자전거 타기를 접었다. 스포츠 만능인 가수 전영
록도 "누나, 자전거 타지 말아요. 사고가 은근히 많이 나요.
나도 손목 골절상 당하고 순간 안압이 올라서 백내장이 와
가지고 수술까지 했다니까요." 이러니 접을 수밖에. 나이
칠십 넘어 94세 노모를 모시고 사는데 혹시라도 골절상을
입으면 곤란하다.

누구에게나 넘을 수 없는 장벽이 하나쯤 있다. 자전거 타기,
수영, 서핑, 영어(어학), 취업, 좁혀지지 않는 사람과 사람
사이, 용서… 등등. 그것만 할 줄 알면 세상 무서울 게 없을

것 같은데, 참 뛰어넘기가 어렵다.

나는 여전히 자전거를 못 타지만 인생철학은 한 수 배웠다.

자전거 수업 첫날에 들었던 얘기다.
① 쓸데없이 목과 어깨에 힘주지 말 것.
② 자기 발아래를 내려다보지 말고 시선을 저 멀리 앞에 둘 것.

그리고 또 발견한 규칙도 있다.
③ 늘 내가 원치 않는 방향으로 간다는 것.

내 자전거는 항상 내 인생처럼 엉뚱한 데로 간다.

오랜만에 남편과 인사동 나들이 겸 친지의 전시회를 보러 갔다가 한낮의 시골집 마당에 자전거가 세워져 있는 작품이 눈에 들어왔다. 돌길과 하얀 벽, 낡은 파란색 대문, 자전거가 세워진 마당에 햇볕이 내리쬐어 눈이 부시도록 밝은 오후 풍경을 담은 색연필화였다. 가슴에 얹힌 자전거를 향한 로망이 그림 속 햇살을 받아 녹아내리는 듯했다. 보고만 있어도 마술처럼 자전거를 타게 될 것 같았다. 그래서 결국 그 그림을 사고야 말았다. 그리하여 우리 집에 바라만 보는 자전거가 석 대가 되었다.

그럴 수 있어

가끔 친한 연예인 동료들이 속상한 일을 터놓으러 온다.

"아니, 어떻게 사람이 그럴 수 있어?"

살다 보면 속상한 일, 억울한 일, 답답한 일이 좀 많을까. 같이 시원하게 화도 내고, 욕도 해주다가 "야, 그러라 그래!" 하며 풀어주기도 하고, "그럴 수 있어. 너도 그 입장이 돼봐!" 하기도 한다. 그 말을 개그맨 후배들이 흉내 내면서 이제는 나를 모사하는 그이들의 말투를 내가 모사할 정도가 되었다. 『그러라 그래』를 내고 주변에서 『그럴 수 있어』도 내라고 난리였는데, 이렇게 책으로 나오니 감회가 새롭다.

책 교정에 정신없이 하루를 보내던 어느 날, 분유를 훔친 미혼모의 이야기를 뉴스에서 보게 되었다. 마트에서 분유와 식료품, 기저귀 등을 훔쳐 붙잡힌 여성에게 자초지종을 물으니 집에 열 시간째 아무것도 먹지 못하고 있는 갓난아이가 있어서 그랬단다. 경찰이 집에 가보니 그곳에 정말 3개월 된 아이가 울고 있었다. 내가 그 상황이었다면 어땠을까?

50년 넘게 노래를 하면서 노래 하나를 만드는 데에 여러 의견이 섞이고 각자의 입장이 다른 것을 본다. 프로듀서는 프로듀서대로, 작곡자는 작곡자대로, 편곡자는 편곡자대로, 연주팀은 연주팀대로 다 입장이 다르지만 목적은 같다. 좋은 노래를 만드는 것! 그러니 내 입장만, 내 의견만 옳다고 할 수 없다는 걸 알았다.

모든 건 상대적이지 않나? 나에게 불합리하다고 느껴지는 일도 상대의 상황과 입장을 헤아려보면 들끓던 속도 누그러진다.

하물며 친구도, 사랑도, 일도, 가족도 다 저 사느라 그랬겠지.
상처 주고 싶어서 줬던 사람이 있었을까.
자기 속도 꼬이고, 궁지에 몰리니 그랬겠지.
그런 상황이었다면 나 역시 그랬겠지.
이렇게 생각하고 나면 왠지 마음이 편해져 사람에게 치여 힘들어하는 후배들에게 조언이랍시고 "그럴 수 있어"라고 말해주었던 것 같다.

미국 속담 중에 이런 말이 있다.

"다른 사람의 신발을 신고 걸어보기 전에 판단하지 마라."

타인의 입장이 되어보기 전에 쉽게 판단하지 말라는 뜻이다. 한쪽이 닳고 뒤축이 구겨진 그의 신발을 신고 걸어보면 그도 삶의 무게를 이렇게 버티며 걷고 있구나 하는 생각에 뭉클해진다. 지금 우리 엄마의 신발은 깨끗하다. 많이 걸어 닳은 신발이면 좋으련만. (무릎이 아프면서부터 새 신발을 못 사드렸다.)

내 인생도 여러 번 꺾이고, 뜻대로 맞아떨어진 적도 드문데 하물며 다른 이라고 안 그럴까. '그러면 안 되지!'를 '그럴 수 있어!'로 바꾸면 상황은 미워해도 그 사람을 죽도록 미워하지는 않게 되더라. '걔도 오죽 여북했으면 그랬을까?' 하며 끌어안게 된다.

"괜찮아. 그러라 그래. 그럴 수 있어."

따뜻하면서도 오붓한
집중의 힘으로

서울생활사박물관에 라디오의 역사를 한눈에 볼 수 있는 전시가 열렸다. 특별히 1930년대 말에 만들어진, 그 당시 미싱보다 큰 제니스라디오가 눈에 들어왔다. 와, 얼마나 반갑던지…. 그 라디오 앞에서 겨울 저녁이면 (동네 아주머니도 마실 오서서 함께) 엄마는 뜨개질을 하거나 양말을 깁고, 우리는 찐 고구마에 나박김치나 동치미, 구운 가래떡을 먹으며 연속 방송극에 귀 기울였다. 〈장희빈〉, 〈현해탄은 알고 있다〉… 이런 작품!

그런데 손에 땀을 쥐는 결정적인 순간에 늘 정전이 되는 바람에 얼마나 감질이 나던지. 그땐 왜 그렇게 정전이 자주 되었을까? 불을 밝혀주는 전기가 나가면, 온 동네가 칠흑 같았다.

우리 두꺼비집만 나간 걸까?
온 동네 불이 다 나간 걸까?

문을 열고 동네를 둘러보다가 그냥 죄 깜깜절벽이면 촛불을 켰고, 우리 집 전기만 나간 거면 두꺼비집을 봐야 했다. 장롱 다리 옆에 놓인 팔각성냥을 더듬어 찾아 촛불을 밝히면, 또 다른 이야기 펼쳐졌다. 도깨비 얘기, 달걀귀신 얘기….

지금도 온 동네의 불이 나갔던 그 밤 촛불을 밝히고 둘러앉아 듣던 사람들의 이야기가, 그 이야기 하나라도 놓칠세라 귀 기울이던 오붓한 집중의 시간이 그립다.

그 시절의 그 느낌으로 언제나 마이크 앞에 서야지.

KOMCA 승인필

본 책에 수록된 노래 가사는 (사)한국음악저작권협회의
승인을 받았음을 밝힙니다.

그럴 수 있어

초판 1쇄 발행 2023년 6월 20일
초판 7쇄 발행 2023년 11월 20일

지은이 양희은

발행인 이재진 **단행본사업본부장** 신동해
편집장 조한나 **책임편집** 조한나
디자인 위드텍스트 **편집도움** 이승주
마케팅 최혜진 이은미 **홍보** 반여진 **제작** 정석훈

브랜드 웅진지식하우스
주소 경기도 파주시 회동길 20
문의전화 031-956-7211(편집) 02-3670-1123(마케팅)
홈페이지 www.wjbooks.co.kr
인스타그램 www.instagram.com/woongjin_readers
페이스북 https://www.facebook.com/woongjinreaders
블로그 blog.naver.com/wj_booking

발행처 ㈜웅진씽크빅
출판신고 1980년 3월 29일 제406-2007-000046호

© 양희은, 2023
ISBN 978-89-01-27356-3 03810

〈집으로 가는 길〉
2014
자수와 채색
울 엄마 윤순모 作

내가 좋아하고 사랑하는 사람이
역시 나를 사랑하고 지켜준다.
힘들지만 도움을 청하면 다시 안전해질 수 있다.
어떤 상황에서건 내 편이 있다는 믿음이
하루하루 살아내는 큰 힘이 된다.

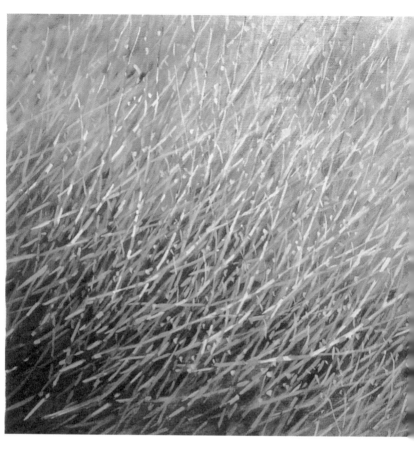

〈가을 축제〉
2014
캔버스에 유화
울 엄마 윤순모 作